KB068514

죽어도 살자

아우레오 배

죽어도 살자

초판 1쇄 발행 2021. 11. 29.

지은이 아우레오 배
펴낸이 김병호
편집진행 한가연 | **디자인** 정지영 | **표지그림** 아우레오 배, 지화

펴낸곳 주식회사 바른북스
등록 2019년 4월 3일 제2019-000040호
주소 서울시 성동구 연무장5길 9-16, 301호 (성수동2가, 블루스톤타워)
대표전화 070-7857-9719 **경영지원** 02-3409-9719 **팩스** 070-7610-9820
이메일 barunbooks21@naver.com **원고투고** barunbooks21@naver.com
홈페이지 www.barunbooks.com **공식 블로그** blog.naver.com/barunbooks7
공식 포스트 post.naver.com/barunbooks7 **페이스북** facebook.com/barunbooks7

· 책값은 뒤표지에 있습니다. **ISBN** 979-11-6545-552-1 03810

바른북스는 여러분의 다양한 아이디어와 원고 투고를 설레는 마음으로 기다리고 있습니다.

가슴이 넓으니까 슬픈 것이다.

죽어도 살자

아우레오 배

바른북스

별을 올려다보는
소녀와 소년에게

The quest for a good life:

death or rebirth?

후회 없는 삶을 향한 여정:

죽고 말 것인가 다시 태어날 것인가?

동틀 녘, 아무도 없는 우리 동네 24시 패스트푸드점에 훤칠한 키에 대나무처럼 올곧은 자세를 가진 남자가 들어온다. 유일하게 콘센트가 있는 자리에 랩톱을 앞에 두고 앉아 집필에 몰입하고 있는 나에게 그 남자가 멈칫하더니 성큼성큼 다가와 말을 건넨다.

"작가님!"

양 입꼬리를 길게 늘어뜨리며 사람 좋게 웃는 이 사람은 미술계와 출판계를 통해 만났던 프로듀서님이다. 깍듯하게 나에게 악수를 청하고는 맞은편 자리에 앉아 자신의 랩톱을 꺼낸다. 나는 더운 여름엔 도통 머리가 돌아가질 않아 새벽 두시쯤 일어나 산책을 하고 세 시에 시원한 이곳으로 출근한다. 한참 몰입해 작업 중이었는데 앞에 아는 사람이 있으니 도통 집중이 되질 않는다. 그래도 불편한 티를 내지 않으며 한 시간을 버렸다. 도통 글이 써지질 않아 결국 인사를 하고 먼저 자리에서 일어났다.

　한두 시간 뒤, 이분에게 전화가 왔다. 아침에 우연히 만난 김에 오늘 당장 함께 미술 전시를 기획해 보자고, 미팅을 할 수 있겠느냐는 내용이었다. 머리가 무거워 산책을 하려던 차라, 바로 가겠다고 했다. 그러고는 머지않아 우리 둘은 정식으로 전시를 기획했다.

　그렇게 구두계약을 마친 전시의 오프닝 11일 전, 새로 생긴 소셜 네트워크에 들어가 봤다. 여럿이서 전화회의를 하는 것 같은 앱이다. 그랬더니 대뜸 이분께서 나를 자신의 채팅방으로 초대했다. 지금 사무실에서 음악을 틀어 놓고 이 앱으로 '방송'을 하고 계시다고 했지만, 방에는 이분과 나 둘뿐이었다. 우리는 전시 얘기도 하고, 최근에 출판한 내 책 얘기도 했다. 자기가 아는 출판사 대표가 있다고 하시며, 지금 그분을 초대하겠다고 했다. 곧 그 출판사 대표님이 들어왔고, 자연스레 미팅과 회의가 이루어졌다.

　다음 날, 나는 얼마 안 남은 전시를 홍보하는 포스팅을 올리고는 전화 한 통을 받았다. 그 프로듀서님께서 돌아가셨다는 전화였다. 순간 나는 아무 말도 떠오르지 않았다. 갑자기 교통사고를 당하셔서, 그의 평소 뜻대로 장례식 없이 바로 화장을 진행한다고 했다.

전시 10일 전이었다. 하루 종일 나는 붓을 들 수가 없었다. 늦은 밤에 마트로 가, 싸구려 위스키를 한 병 샀다. 오는 길에 공원 벤치에 앉아, 초점 없는 눈으로 검은 바다를 응시하며 위스키를 병으로 마시면서 그곳에 앉아 있었다.

잘 몰랐지만, 그는 책방 집 아들로 자랐다고 들었다. 작은 책방을 하는 아내를 만났고, 그 책방의 직원으로 함께 일하고 있었다 했다. 책을 좋아하는 그는 자기가 좋아하는 책을 사람들에게 소개하는 걸 삶의 낙으로 여기며 살고 있었다. 그러던 중 내 책을 읽었고, 요즘 나오는 책들에 비하며 내 책에 대한 칭찬을 넌지시 건네주었다. 방대한 텍스트가 몇 년 치 작업이냐며. 나를 대하는 그의 태도가 내 책을 읽기 전과 후로 나뉘었다.

그는 남들과는 좀 다른 사람이었다. 시골 소년의 순수함이 느껴졌다가도, 자신의 분야에선 굉장히 해박하고 자신만의 의견도 있었다. 지역 미술계에서 아주 중요한 일을 하시며, 이곳의 라이프스타일을 만들어 내시는 분이었다. 그럼에도 그는 저녁엔 누구와도 술이나 밥 약속을 갖지 않고 조용히 집으로 가 항상 아내와 저녁을 보냈다. 언젠가 그는 나와 대화 중에 "혼자 있을 때가 가장 편하지 않나?"라고 했었다. 그의 그 진심 어린 혼잣말이 육성으로 내 마음에 담겨 있다. 착한 사람이었다. 아마 그는 세상의 부조리와 사람들의 못됨을 혼자서 참고 겉으론 친절하다가, 이내 우주에 안겨 혼자만의 평온을 찾은 것 같다.

함께 기획한 이 전시가 이분의 유작이라고 여겨, 나는 슬픔을 삼키며 예정대로 전시를 진행했다. 그와 오프닝 리셉션도 하기로 했었지만, 고인의 빈자리에 차마 웃으며 샴페인을 나눌 수는 없는 지경이었다. 역사적 전염병의 창궐로 1년여를 미루었다가 연 오랜만의 내 개인전은 초상집 분위기였다. 아무도 오지 않았고, 아무도 오지 않는 그분의 공간에서 나는 한 달을 출근하며 슬픔에 잠겼다. 내 전시의 막이 내리고 곧 그의 49재가 되어, 같은 전시공간에서 장례식을 대신하며 이분을 추모하는 식을 가졌다. 나는 작품 판매금 전액을 아내분께 기증했다. 착한 이 사람은 나에게 좋은 조건으로 딜러 역할을 해주기로 했고, 나는 대신 원화는 한 점도 갖고 계시지 않다는 이분께 취향에 맞춰 작품을 만들어 드리려고 마음을 먹었었다 (그는 극구 거절했지만). 그분이 떠난 이 전시공간은 얼마 뒤 문을 닫았다.

나중에야 알았는데, 이분은 아내와 함께 사는 아파트에서 스스로 극단적인 선택을 하셨다. 나도 오랜 우울증으로 그 생각을 수없이 했는지라, 사실을 듣고 나니 그제야 슬픔이 멎고 그가 조금은 이해되었다. 그가 칭찬했던 내 책도, '그래 오늘 죽으러 가자'고 나서던 어느 날, 내 발목을 잡은 프로젝트였다. 작업 중이던 이 책이 마음에 걸려서, 이거라도 끝내자고 죽기 전에 이 책에 몰입하기로 했다. 그 책이 《영어책 : THE BOOK OF ENGLISH》이다.

이 책을 쓰면서 나는 자존감을 되찾았다. '자존'은 제힘으로 생존하는 능력이라고 한다. 책에 담은 문장들은 새로운 삶을 살아 내기 위한 내 안의 힘이 되었다. 이 책을 쓰며 나는 내 오래된 우울증을 근원적으로 치유할 수 있었다. 그래선지 우울증 약을 드시는 독자님도 이 책을 읽으며 약을 안 먹을 수 있었다고 한다. 내 생각이 날 살고 싶지 않게 만들었으니, 그 생각을 치유하면 되었다. 결국 책을 출간하고 나니, 더 이상 살기 싫은 생각은 들지 않았다. 그리고 이분의 스스로를 죽인 선택으로 인해 그의 가족들과 친구들, 그리고 동료들이 겪게 되는 일들을 보고 나니, 그런 생각이 들었다.

살자.

내 인생이 너무나 절망적이고, 앞으로 인류가 겪을 세상이 너무나 암울해도, 내게 온 삶을 포기하는 일은 내 선택지에서 제외하기로 했다. 죽게 되어 죽는 것과 내가 나를 죽이는 것은 아주 다른 죽음이라는 것을 깨달았다. 같이 일을 하고 있던 그의 죽음으로 인해. 한창 잘나가고 안정적일 39살 남자의 자살은, 그의 지금까지의 인생을 취소로 만들고 만다. 자살은 우리 문화에서 부끄러운 일로 여겨져 장례식도 치르지 못하고, 세 들어 살던 집에선 집값 떨어진다고 함께 살던 가족을 집주인이 내쫓게 된다(실제로 그랬다). 안 그래도 남은 가족의 슬픔은 참담할 수밖에 없음에도. 누구보다도, 자식을 먼저 저세상으로 보낸 부모의 마음은 어떤 것일까. 인생의 동반자를 잃는 느낌은? 어느 날 아침에 일어났는데, 창문이 열려 있고, 그 창문 아래에 어제까지 함께 있던 남편이 피투성이 시신으로 떨어져 있는 걸 보는 마음은 어떤 것일까.

인생이 아무리 절망적이어도, 살기로 했다. 나 또한 언젠가 죽겠지만, 살기로 했다. 나 자신을 죽일 용기가 없어서가 아니라, 나를 낳아 위대한 사랑으로 키워 주신 부모님을 위해서. 언제나 나를 믿는 가족들을 위해서. 나를 사랑하는 친구들을 위해서. 살기로 했다.

There's more to life than just yourself. You are part of the universe.

삶에는 나 자신보다 더 큰 무엇이 있다. 나는 이 우주의 일부다.

이 책은 우리가 기획한 전시를 열었던 2021년 3월부터 9월까지 죽음에 대해 끊이지 않던 내 생각들을 정리한 결과다. 자신의 죽음을 알리고 싶지 않았던, 우주의 먼지같이 살다 간 그 좋은 사람의 맑은 웃음을 기억하며 이 책을 낸다. 그 사람은 사랑받아 마땅한 사람이니까. 그의 죽음이 헛되지 않았으면 한다.

덧붙여, 이 책을 이루는 글은 〈레오쎄이〉라는 제목으로 이메일을 통해 9월과 10월 동안 매일 밤 10:04에 한 편씩 구독자님들께 먼저 읽혔다. 원래 한 달만 해 보려고 했는데 글에 감동하신 독자님들은 매번 답장으로 자신의 진솔한 이야기를 들려주셨고, 서로 기대치 않은 감동을 주고받는 특별한 경험으로 구독자님들과 나의 삶의 질이 달라졌다. 그래서 한 달을 더 연재하게 되었다. 어찌 보면 그 착한 사람의 죽음은 나에게 에세이라는 책을 처음 쓰게 한 창조적 에너지가 되었고, 현세에 남아 삶을 살아가는 사람들에게 위안으로 재탄생했다. 그가 준 영감에 공을 돌린다.

자연에는 에너지 보존의 법칙이 있다. 에너지는 사라지지 않는다. 형태가 변할 뿐이다.

표지 그림은 세계적인 타투이스트 지화 님께 제의 메일을 보낸 지 정확히 80초 만에 흔쾌히 컬래버레이션을 승낙해 주셔서 이렇게 비유와 상징이 완벽하고 영원에 남을 만큼 아름다운 예술작품으로 탄생했다. 자신의 꼬리를 먹는 우로보로스는 재생과 영원, 그리고 자기의존self-reliance의 상징이다. 지화 님의 시그니처인 장미는 영원한 사랑을 상징한다.

2021년 10월 04일,

아우레오 배

구독자 '오래'님들께:

비 오는 가을날 첫 글 연재를 시작하여 더 뜻깊습니다. 〈레오쎄이〉를 구독해 주셔서 고맙습니다. 우리 우주에는 음양이 조화롭듯, '레오'를 거꾸로 해서 지은 애칭 '오래'님 덕분에 시각예술 작가에서 나아가 글 작가가 되었어요. 구독료 만 원은 사실 상징적인 숫자입니다. 만 원이면 편의점에서 맥주 네 캔을 사다 공원 벤치에 앉아 친구와 인간적인 대화를 나누며 좋은 시간을 보낼 수 있는 금액이지요. 〈레오쎄이〉도 그런, 우리 둘만의 진솔하고 인간적인 대화가 되었으면 좋겠습니다. 저에게 가까운 지인의 죽음이 이 책을 쓰게 된 트리거trigger가 되었듯, 이 글이 당신에게 위안이 되고 또 당신의 사는 이야기를 털어놓고 싶은 영감이 되었으면 해요. 정말 우울할 때, 더 이상 살고 싶지 않을 때, '너는 다 가진 애가 왜 그러냐'는 말보다는 그저 제 말을 들어주는 사람이 있었더라면 얼마나 좋았을까 생각합니다. 내 마음을 이해하는 글이 있었더라면 더 좋았겠지요. 저의 이 작은 글 연재가 당신에게도 살아가는 데 힘이 되는 존재가 되었으면 좋겠습니다.

그럼, 한 달 동안 평일밤 10:04에 글을 보내 드리겠습니다. 행복한 시간 되시어요, 소중한 오래님.

레오

경험과 물건 중, 무엇을 선택하시나요? 저는 먹으면 없어지는 음식에 돈을 쓰는 것보다는 오랫동안 남는 물건을 사는 걸 더 좋아합니다. 호주에 살며 밥을 굶는 대신 람보르기니 주황색의 로드바이크를 샀습니다. 호주는 자전거도로가 어디에나 안전하게 잘 만들어져 있거든요. 자전거만 있으면 어디든 갈 수 있습니다. 내 물건을 완벽한 상태로 유지하려 하는 강박이 있는 저는 그만 제 바이크의 프레임에 아주 굵고 눈에 확 띄는 상처를 내고야 말았어요. 크게 상심해 있는 저에게 마가렛이 그랬습니다. "It's personalised!" 상처는 그것의 가치를 떨어트리는 게 아니라, 이것이 내 것임을 확인시켜 주는 표시 mark라고 나의 생각을 바꾸어 주었습니다. 그랬더니 더 이상 기분이 나쁘지 않았어요.

You are imperfect, and inevitably flawed.
And you are beautiful.

당신은 완벽하지 않다. 그럴 수밖에 없다,
인간이니까, 여전히 당신은 아름답다.

목차

Part II

Part Ⅲ

Part I

Death ripples through the living
죽음은 살아 있는 자들의 삶에 울려 퍼진다

여덟 살 때의 일입니다. 아버지는 해외에서 일하셨고, 어머니는 도시에서 일하셨어요. 저는 시골의 할머니 댁에서 컸지요. 할아버지는 훈장님이셨는데, 제가 어머니 배 속에 있을 때 돌아가셨어요. 세 번의 결혼을 하신 할아버지에게 할머니는 젊고 예쁜 여인이에요. 옛날 사람이셔서 그때는 아들이 귀했어요. 첫째를 딸을 낳으신 할머니에게 우리 아버지는 그렇게 바라시던 아들입니다. 할머니께서 각별히 사랑하시는 (사랑받을 만큼 책임감이 강하고 공부도 잘하는) 아버지가 아들을 낳았으니, 그게 바로 저예요. 둘째 아들도 아들과 딸을 낳았지만, 그 아들은 첫째와 성격이 동전의 뒷면처럼 반대라 자기 어머니와 아내와 딸을 폭행했죠. 형보다 일찍 아이를 낳았어요. 그럼에도 할머니는 그런 못난 둘째 아들도 사랑으로 감싸 주셨습니다. 대비가 되어서일까요, 할머니에게 저는 절대적 사랑의 대상이었어요.

자신감 넘치는 개구쟁이였던 저는 창고에 쌓인 마른 대나무의 끝을 아궁이에서 태우곤 했습니다. 대나무는 숯이 되었고, 이는 자연산 미술 재료인 목탄charcoal이에요. 어린 저는 직접 만든 이 목탄으로 한옥 벽에 온통 그림을, 아니 낙서를 했지요. 이를 같이 하던 사촌을 할머니는 혼내시고, 저에겐 아무 말도 않으셨습니다. 덕분에 저는 훗날 미술가가 되어, 목탄으로 사각사각 드로잉을 할 때면 제 가슴에 영원히 존재하는 할머니의 사랑이 느껴집니다. 그 사랑이 전해지는지 실제로 목탄 드로잉 작품은 미술계 관계자들에게 특히 관심을 받았고 결국 어느 안목 있는 기업가께 소장되었지요.

오랜만에 시골에 내려오신 어머니와 저는 대구의 이모 댁에 놀러 갔습니다. 어른들에게 항상 예쁜 말씨로 존댓말을 하여 어딜 가나 사랑받는 소년은 그곳도 재밌었나 봐요. 해가 질 무렵 할머니께 전화를 드렸죠. 하루만 더 놀고 내일 가겠다고요. 생글생글 웃으며 공중전화기의 커다란 수화기를 잡고 할머니와 통화하던 제 모습이 아직도 생생합니다. 다음 날 아침 어머니는 전화를 받으셨습니다. 할머니께서 돌아가셨다는 전화였어요.

그날 밤 다급히 도착한 집에서는 저를 반기던 할머니가 계시지 않았습니다. 많은 가족이 다 모여 서로의 붉은 눈을 마주치며 인사를 대신했어요. 다 같이 둘러앉아 이야기를 나누고 사진을 담던 마당에선 할머니의 옷가지를 모두 쌓아 놓고 태웠습니다. 큰방에선 할머니의 아들딸들과 며느리들이 할머니의 시신을 관에 모시기 위해 준비를 했어요. 저와 사촌들은 차가운 평상에 앉아 있었습니다. 어깨를 푹 늘어뜨린 채.

여덟 살, 그때 처음 알았습니다. 죽음은 언제든 예고 없이 우리에게 올 수 있다는 진리를.

시골 초등학교의 병설유치원을 다니던 몇 안 되는 또래 친구들과 저는 그대로 초등학교의 하나뿐인 반으로 입학했어요. 그렇지만 할머니가 계시지 않는 집은 더 이상 집이 아니었습니다. 하나의 큰 가족 같던 친구들과, 울며 배웅하시는 담임선생님과 작별하고 저는 어머니와 도시로 올라왔습니다.

낯선 도시. 한 학년 학급이 10개가 넘는 큰 학교. 저는 외톨이가 되었습니다. 담임선생님도 불친절했죠. 고작 1학년인 아이가 수업 시간에 화장실에 가고 싶다는데, 보내 주지 않았어요. 결국 아이는 수업 시간에 커다란 물웅덩이를 만들고 말았죠. 교실에 생긴 노란 물웅덩이.

죽어도 살자

자신만만했던 개구쟁이 소년의 성격은 정반대로 바뀌었습니다. 두꺼비와 사마귀를 잡으며 놀 자연은 없는 회색 도시. 소년은 혼자 조용히 만들기를 하며, 자전거를 타며 초등학교를 보냈습니다.

　사랑하는 사람의 죽음은 남은 자의 인생을 바꿔 놓습니다. 어찌 보면 사람은 하나의 우주인 것 같아요. 사람이 없어지면 세상이 없어진 것 같으니까요. 그리고 아이는 놀이를 통해 자신만의 우주를 만드는 것 같습니다. 진정한 지성은 상상력이니까요. 사랑을 통해 인간은 타인에 공감하는 도덕성과 삶을 살아갈 자신감을 얻습니다. 사랑을 받지 못한 아이가 살인자가 되고, 사랑을 듬뿍 받은 아이가 친절한 시민이 되니까요. 할머니의 우주 같은 사랑과 마음껏 놀 자유가 어린 저에게 없었다면, 끊임없이 새로운 일에 도전하는 진취성과 새로운 것을 만들어 내는 창조력이 저라는 우주에 생기지 않았을 것 같아요. 할머니라는 우주에 대한 끝없는 그리움이 제 창조력의 마르지 않는 에너지원입니다. 그분의 사랑이 없었다면 나중에 겪게 될 인생의 시련에서 저도 죽음이라는 궁극적 포기를 택했을 겁니다. 전 그 사랑을 돌려주고 싶어요. 하나의 특정한 사람이 아니라, 인류 전체에게.

　할머니는 오로지 가족을 위해서 새벽마다 밭일을 하셨어요.

60대밖에 되지 않는 나이에도 햇빛을 많이 봐 많이 늙으셨죠. 새벽 밭일을 하고 아침에 들어오시면 갈증으로 시원한 막걸리를 들이켜셨어요. 돌아가신 날 아침도 여느 때와 같았죠. 다만 급히 들이켠 막걸리가 기도로 들어가는 바람에 돌아가시게 되었어요. 집에 가니 할머니는 제가 좋아하는 찰밥과 온갖 음식들을 풍성하게 해 놓으시고 절 기다리셨습니다. 저는 아직도 울어요. 그렇지만 사랑하는 할머니의 죽음이 저를 예술가로 만들었습니다. 그 이야기는 다음에 해 드릴게요.

죽어도 살자

The end of something is the beginning of something new
끝은 새로운 시작이다

　당신보다 당신의 가족을 위한 삶을 사신 할머니는 그렇게 당신이 하실 수 있는 최선의 사랑을 남기고 세상을 떠나셨습니다. 보답을 바라지 않았던 당신의 소녀 같은 사랑은 주름진 피부로도 숨길 수 없었던 것 같아요. 아버지께서 첫 월급으로 할머니를 위해 사 오신 은가락지를 할머니는 한시도 손에서 빼지 않으셨습니다. 그러고는 예고 없이 세상을 떠나게 되어 자식들에게 수의가 입혀지게 되는 삼일장 동안에도, 은가락지는 할머니의 손가락에서 기어코 빠지지 않았어요. 할머니는 아들의 사랑을 땅속까지, 하늘 위로까지 품고 가고 싶으셨나 봐요.

　할머니 생전에 개구쟁이 소년은 집에 있던 카메라로 할머니 사진을 담았나 봅니다. 할머니께서 돌아가시고, 소년이 담은 할머니의 사진이 영정사진이 되었어요. 사진 속에서 할머니의 눈과 입은 웃고 계신 듯하나, 눈에서는 작은 물빛이 반짝입니다. 할머니는 당신의 사진을 담겠다는 소년을 바라보시며 알고 계셨나 봐요. 이 사진이 당신의 영정사진이 될지도 모른다는 것을. 그걸 알 리가 없는 소년이 담은 사진 한 장에서, 할머니는 눈물을 머금고 웃고 계십니다.

당신의 인생이 남은 자의 마음에 영원히 기억되는 이미지. 외톨이가 된 소년에게 어머니 같았던 당신의 온기 가득한 사랑 대신 남은 것은 이 사진 한 장입니다.

외향적이고 자연에서 놀기 좋아했던 소년은 혼자가 되었어요. 할머니가 계시지 않으니 남매 같았던 사촌들과, 가족 같았던 시골 동네 아이들과, 같이 자랄 터전도 함께 사라졌지요. 할머니의 존재는 '집' 그 자체였어요. 소년은 혼자서 생각하는 청년으로 자라납니다. 그리고 고등학생이 되어 사진을 진지하게 담기 시작했어요. 완벽한 구도로 담는 풍경도 좋았지만, 소년은 풍경사진에서 의미를 찾지 못합니다. 소년의 진짜 관심사는 인물사진이에요. 사람을 사진에 담을 때마다 할머니의 영정사진이 떠올랐어요. 어머니의 증명사진을 담아드릴 때면 혹여나 이 사진이 영정사진이 될까 비장함까지 느껴집니다. 그걸 어머니도 아세요.

죽어도 살자

그렇게 소년은 고등학교에서 사진부 동아리에 들어갔습니다. 사진에 대한 남다른 열정은 그곳에서도 드러났고, 사진부장이 되었어요. 학교 축제에서 사진부는 그해 동안 담은 사진들을 전시했고, 작품들을 관객에게 철학적인 의미로 설명하는 이 전시가 소년이 기획한 첫 미술 전시였어요. 직접 드러나진 않았지만, 사진사진마다 할머니에 대한 그리움과 영원에 대한 갈망이 담겨 있습니다.

얼마 뒤 소년은 홀로 유학길에 오릅니다. 집안 형편이 넉넉하지 않아 얼마나 오래 있을지는 알 수 없었어요. 그래도 무작정 떠났습니다. 학생비자로 간 호주에서 비자 조건으로 한 주에 20시간만 파트타이머로 일할 수 있었어요. 그걸로는 천문학적인 대학교 학비와 높은 물가의 생활비를 충당하기엔 어림없었지요. 소년은 자신이 가장 잘할 수 있는 일, 사진을 취미에서 프로로 전향했습니다. 누구 밑에 들어가 일을 배울 여유는 없었어요. 당장 스스로 정착해야 했지요. 그래서 회사를 냅니다. '금빛'이라는 의미의 이탈리아어 aureo와 '빛의 그림'이라는 의미의 영어 photography를 합쳐, Aureo Photo Pty Ltd를 설립했어요. 자연의 법칙인 황금비율을 품은 사진이라는 의미입니다. 알파벳 5개와 5개가 서로 대칭을 이루며 딱 10개로 이루어지는 이름이 완벽하게 느껴졌어요.

유년기부터 담아 온 사진은 소년에게 본능과도 같은 행위입니다. 굳이 애쓰거나 생각하지 않아도 손이 알아서 양치를 하는 것과 같달까요. 클라이언트에게 생동감 있는 아우레오 특유의 스타일을 인정받아 사업이 빠르게 성장했어요. 멜버른 박물관에서 연 사진대회에서 수상하여 전시도 하고, 세계적인 사진대회에서도 상을 받았습니다. 뜻밖에 업이 된 사진의 전문분야는 당연히 인물사진이에요.

서양 문화에서 초상화는 예로부터 중요한 문화적 의미를 품습니다. 귀족의 저택에 가면 조상들의 초상화가 대대로 이어져 걸려 있지요. 지금 시대에는 귀족으로 태어나지 않았더라도 '나'를 시각화한 작품을 갖는 일은 무척 의미 있는 일입니다. 저에게 초상화는 한 사람의 육신을 불멸화하는 예술작업입니다. 레오나르도 다빈치가 그린 〈모나리자〉는 여전히 그 모습을 500년 후의 사람들인 우리가 알아보고, 그로써 Lisa라는 여인이 현재 살아 있는 사람들의 마음에 존재하니까요.

이 정지 화면 한 컷이 다양한 인식으로 해석될 수 있기에 〈모나리자〉가 위대한 초상화로 여겨집니다(물론 이 작품에 얽힌 역사적 사건들이 세계에서 가장 가치 있는 작품으로 만들었지만요). 우리가 사람을 외모로 판단하듯, 사람의 외모에는 많은 문화적 심리적 인식이 담깁니다. 사진 중에 인물사진이 그래서 가장 어렵게 여겨져요. 사진기술에 더해 그 문화와 심리학과 작가의 설득력과 소통 능력, 예술적 비전 등이 모두 포함된 종합 인문예술이 인물사진이라 할 수 있겠습니다. 미술의 원산지는 이탈리안 르네상스라고 여겨지는 문화적 인식이 서양에 있어서, 이탈리아 성씨를 가진 초상화 작가들이 대체로 더 성공하는 경향이 있습니다. 그래서 제 이름을 이탈리아 이름으로 짓기도 했어요. 영어만 할 줄 아는 사람들은 '오레오'라고 발음하지만, 이탈리아어나 스페인어를 아는 사람들은 '아우레오'라고 원래의 발음으로 부릅니다. 이는 우리가 아우디를 오디라고 부르지 않는 것과 같아요.

어머니 같았던 할머니께서 그렇게 일찍 돌아가시지 않았다면 소년은 혼자서 생각할 시간을 갖지도 않았을 것이고, 인물사진을 중대하게 여기지도 않았을 것입니다. 굴하지 않는 사랑을 전해 주고 훌쩍 떠나신 할머니는 소년을 철학자로 승화했고, 사진작가로 키워 내셨어요. 그리고 영어도 제대로 못하면서 호주로 홀로 날아가 사업을 시작하고 학업을 병행하는 용기를 전해 주신 것 같습니다. 죽음이 역설적이게도 강렬한 삶의 열정을 품어 줬달까요. 그 우주 같은 사랑은 소년을 둘러싼 보이지 않는 방패막이 된 것 같아요.

나보다 남을 더 생각하는 여자라는 존재를, 사랑하게 됩니다 소년은. 집에서는 아들이지만 딸의 역할도 해야 했어요. 집안일을 모두 하는 건 물론이고 애교도 많아졌죠. 뜻하지 않게 예술가가 된 소년은 첫 대학 전공으로 패션디자인을 택했어요. 옷에 관심도 많았지만 사업 성장을 위해 패션계에 진출하는 게 인물사진 포토그래퍼로서 가야 할 길로 보였거든요. 패션디자인과에는 선생님도 학생도 대부분이 여자였고, 소수였던 남자는 모두 게이였습니다. 그렇게 자연히 여자 같은 남자가 된 것 같아요. 나보다 남을 더 생각할 수 있는, 새로운 인간을 창조해 낼 수 있는 여자라는 존재를 존경하게 됩니다. 사실 인간은 양성성을 모두 갖고 있어요. 어느 성에 더 치우쳤느냐만 다를 뿐입니다. 저는 양극의 균형을 믿어요. 필요할 때마다 각 성별의 장점을 꺼내 쓰면 되거든요.

당신의 육신은 우주의 먼지가 되었습니다. 보이지 않지만 어디에나 있지요. 당신의 영혼은 내 안에 정착했어요. 나는 당신의 삶을 이어 갈 것입니다. 비록 내가 자식을 낳지 않더라도, 인류와 자연과 그 속에서 내가 재조합하는 물질들과 내가 만나는 사람들과의 관계를 통해서요. 당신을 이뤘던 원자는 풀과 물과 공기가 되어 내 몸을 이루고 있을 거예요. 당신의 육신은 소멸했지만, 당신의 존재는 영원합니다. 내 서재 가장 깊숙이 모셔 둔 당신의 초상화처럼요.

죽어도 살자

We all break apart.
The will for life puts it together
우린 모두 결국 부스러진다
살고자 하는 의지가 이를 고쳐 붙인다

젊음을 다 바쳐 가족을 위해 희생하신 아버지는 은퇴를 앞두고 오래된 차를 새 차로 바꾸셨습니다. 그를 축하하듯, 신차 구매자들 중에서 추첨해 당첨되어 신년음악회에도 다녀왔어요. 아버지의 행운 덕에 어릴 적부터 좋아했던 김윤아와 김연우와 성시경의 공연을 봤습니다. 관객 모든 사람이 같은 자동차의 오너라 생각하니, 으레 서로 존중하는 게 느껴집니다. 도로에서 우리 차가 가장 예뻐 보여요.

첫 몇 해 동안 차에 특별한 문제가 없었음에도 정기적으로 서비스 직원이 집에 방문해 차를 가져가 점검을 해 주고, 세차를 해서 집에 가져다주었습니다. 꿈같았어요. 그런데 문제는 그 보증기간이 끝나고부터 일어났죠. 일단 점검을 받으려면 직접 운전해 서비스 센터에 차를 가져가서 직접 가지고 와야

했어요. 당연한 일이지만, 있던 게 없으면 빈자리가 더 크게 느껴지죠. 그러던 어느 날 비가 왔습니다. 와이퍼를 움직이니 와이퍼가 괴성을 지르네요. 끼이이익 끼익. 차 안에서 대화가 어려울 정도로 민망합니다. 와이퍼를 교체하니 소리가 나지 않았습니다. 방심했어요. 며칠 뒤 다시 소리가 나기 시작했습니다. 포럼을 찾아보니 이 모델의 고질적인 문제랍니다. 와이퍼의 각도를 미세하게 조절하면 된다는데, 그게 참 어려워요. 세계 최고라 여겨지는 브랜드, 그중에서도 가장 생산량이 많은 모델이 이렇게 완성도가 떨어지다니. 그뿐이 아니었어요. 브레이크를 밟을 때마다 쇠가 갈리는 소리를 냅니다. 브레이크 패드를 교체해도 계속 소리가 나요. 신호등에 멈출 때마다 사람들이 쳐다봅니다. 어느 날은 창문을 내리려고 스위치를 누르니 플라스틱 스위치가 부서지네요. 물건조차도 영원한 건 없는 걸까요.

군에서 차량정비를 하시던 지인에게 이 얘기를 하니, 철학적인 답변이 돌아옵니다. 사람이 나이를 먹으면 여기저기 아프기 시작하고, 그건 기계도 똑같다고. 브레이크가 고장 나면 브레이크를 교체해야 하고, 신체 장기가 고장 나면 장기를 고쳐야 한다고. 아무리 완성도가 뛰어나다는 명성을 지닌 브랜드라도, 언제까지나 처음 같을 수는 없다는 걸 배웠습니다. 그렇게 애지중지 다루던 새 차는 바람과 달리 절름발이가 되

죽어도 살자

었어요. 우리 우주에 완벽은 없다는 진리를 상기했어요.

보증기간이 끝나자 태도가 차가워진 자동차 수입사는 넌지시 새 차로 바꾸라는 것 같습니다. 그렇지만 이 차는 우리 가족에게 여러모로 의미가 많은 차예요. 그 의미는 돈으로 살 수 없죠. 서비스를 받으러 갔더니 휠이라도 바꾸라고 팸플릿을 건네주네요. 휠 값이 중고차를 한 대 살 수 있는 금액입니다. 환상이 걷히자 진실이 보입니다. '최고의 자동차'라는 명성에 어울리지 않게, 비용 절감을 하며 플라스틱 부품을 많이 쓴 게 보이기 시작해요. 자동차는 소모품이라는 걸까요. 모델 체인지를 자주 하는 것도 차량의 완성도를 높여 안전한 차를 만드는 데 도움이 되지 않습니다. 사람이 만드는 모든 물건은 테스트를 통해 문제를 발견하고 해결하여 완성도를 높여야 하니까요. 자주 바뀌는 외형은 이미 차를 산 사람들의 멀쩡한 차가 구형으로 느껴지게 합니다. 새 차를 사고 싶게 만들지요. 그리고 새로 나온 차엔 발견되지 않은 문제가 많습니다.

차를 잘 모르던 때에는 해마다 아주 작은 개선만 하고 외형에는 큰 변화가 없는 오스트리아 자동차 브랜드가 게으르고 지루하다고 생각했어요. 하지만 그 브랜드는 차를 한 번 사서 오래 타도록, 대를 물려 타도록 제안하고 그에 맞는 서비스를 제공합니다. 알고 보니 그 브랜드는 자연과 공존하고자 하는 철학을 지녔습니다. 영국 최고급 자동차 브랜드가 정숙함을 추구하면서도 환경에 치명적인 거대한 12기통 엔진을 포기하지 않을 때에도, 이 브랜드는 스포츠카임에도 배기 소리를 포기하고 엔진 크기를 줄입니다. 스포츠카 브랜드가 된 연유도, 아름다운 물건을 만들었는데 그 기능이 세월의 시험을 견디지 못하면 의미가 없다는 창립자의 철학으로 차를 극한의 상황에서 시험하면서 스포츠카가 되었어요.

건설 당시 기술적으로 진보하고 고급 자재를 썼던 우리 아파트도, 안타깝게도 이 이야기에 함께해야겠습니다. 살기 좋은 이곳에서 우리 가족은 리모델링 없이 처음 것 그대로를 아끼며 오랫동안 살아왔어요. 채광이 좋은 우리 집은 가장 먼저 바닥재가 자외선에 분해돼 색이 바래더니 부스러지기 시작했습니다. 시원한 바닷바람에 10년을 에어컨 없이 살았던 집이지만, 바다가 보이는 큰 창은 태풍이 올 때 치명적인 단점이 되었어요. 기후변화의 영향인지 해마다 거세지는 바람이 창호를 밀쳐 내어 이제는 태풍만 오면 비가 새고 바람이 샙니다. 이웃집은 통유리가 깨지기도 했어요. 태풍이 오는 밤이면 거대한 유리창이 따닥따닥 유리에 금 가는 소리를 내요. 불안함에 잠이 들 수가 없습니다. 여름은 에어컨 없이 보낼 수 없을 정도로 더워졌어요. 무엇이든 적당해야 하나 봅니다. 남향으로 창이 너무 큰 게 문제가 되었어요. 결국 이웃집들은 커다

죽어도 살자

란 창호를 교체했고, 제 방에는 천장에서 물이 새어 이사를 결정했습니다. 바다 앞은 사람 살 곳이 아닌 것 같아요.

세상에 나올 때 완벽하던 것들은 시간과 함께 늙고 낡아 갑니다. 새 차는 헌 차가 되고, 새집은 낡은 집이 돼요. 아기 피부는 늙은 피부가 됩니다. 물건이 기능을 한다는 건, 끊임없이 고장을 고치는 일이에요. 물건이 수명을 다한다는 건, 고치기를 포기하는 일입니다. 사용자의 의지에 달렸어요. 그리고 이는, 생명도 그런 것 같습니다. 살고자 하는 의지를 잃은 사람은 몸에 고장이 나기 시작하고 죽음에 가까워집니다. 우울증이 그렇지요. 살고자 하는 의지가 강하면 그러나 암에 걸려도 살아나고야 맙니다. 저희 아버지가 그런 사람이에요. 늙지 않고 젊게 살고자 하는 의지가 강한 사람은 나이가 들어도 여전히 젊습니다. 저희 이모가 그런 사람이에요. 어머니와 비슷한 연배인데, 얼마 전 봤더니 제 또래인 줄 알았습니다.

삶의 의지는 재생의 힘을 지녔습니다. 생명은 결코 죽음을 피할 수는 없지만, 생명이 함께하는 동안은 재생을 통해 계속 젊고 건강할 수 있습니다. 그는 내 의지로 가능해요.

What you think shapes who you are
사람은 생각하는 대로 된다

호주에 살던 마지막 해의 이야기입니다. 첫해엔 랭귀지 스쿨을 반년 다니며 다양한 나라에서 온 친구들을 사귀었어요. 어떤 친구들은 인생의 다채로운 경험을 하기 위해 호주에 왔고, 어떤 친구들은 호주로 이주하기 위해 왔습니다. 저도 호주에서 살고자 하는 마음으로 왔지요. 다시 한국으로 돌아갈 생각이 없었기에 제 이민 가방은 크고 무거웠어요. 호주에서 고등학교를 나오고, 대학교를 여러 곳 다녔습니다. 해가 지나며 그렇게 많이 사귀었던 친구들이 하나둘 자기 나라로 돌아가거나 가정을 꾸렸어요. 가족 중심 문화인 호주에서 저는 점점 외톨이가 되었죠. 처음 이곳에 왔을 땐 길에서도 친구를 만들고 어디에나 들이댔지만, 머리가 커질수록 새로운 친구를 만드는 건 쉬운 일이 아니었습니다. 그러고는 결국 혼자가 되었어요.

죽어도 살자

큰 꿈을 안고 갔기에, 좌절도 컸습니다. 사진작가로 일하며 단숨에 존중받는 작가가 되었는데, 그건 사진이라는 제품이 직관적이기 때문입니다. 사진이 좋으면 그것만으로 굉장히 오랫동안 사진을 해 온 경험 있는 작가로 여겨졌죠. 안목이 곧 결과니까요. 그러나 현실은 내 집도 차도 없는, 갓 호주에 온 어린 소년에 불과했습니다. 고객들의 기대에 부응하려고 엔젤투자자에게 투자를 받았습니다. 저는 그 투자금으로 첫눈에 반한 아트데코 책상과 의자, 세련된 아이맥 컴퓨터와 당시 처음 세상에 나왔던 아이패드, 카메라와 렌즈, 조명 장비를 비롯해 시티에 근사한 스튜디오를 차렸습니다(그 투자자는 저의 가능성을 진정으로 믿어 주었어요).

월급은 매달 같은 날 같은 금액이 입금되지만, 사업은 달랐습니다. 매월 지출해야 하는 금액이 있지만, 매월 들어오는 일은 일정하지 않아요. 그래도 저는 달마다 갚아야 하는 금액을 꼬박꼬박 보내기 위해 정말 열심히 일했습니다. 사진만으로는 안 되겠기에 이때부터 영어를 전문적으로 가르치기 시작했습니다. 저만의 교수법과 커리큘럼을 만들었어요. 와중에 대학교도 다니고 있어서, 1년을 3년처럼 살았죠. 풀타임 직업 occupation이 3개였거든요. 작은 아파트를 학원으로 사용하며 한편에 매트리스를 두고 쪽잠을 자며 생활했습니다. 머리도 감지 못하고 바로 수업을 해야 될 때가 일상이어서, 머리는 최대한 짧게 유지했어요. 미용실 갈 돈을 절약하기 위해 직접 미용기구로 제 머리를 잘랐습니다.

그렇게 혼자서 일만 하며 살다 보니 제 심장이 아프다는 걸 깨달았습니다. 두 블록만 걸어도 부정맥이 오면서 심장이 진동하듯 빠르게 뛰었어요. 더 이상 걷지 못하고 눈앞이 하얘지며 주저앉게 되었어요. 하나뿐인 구두는 점점 낡아 걷기가 불편했고, 젊은 나이에 늙은 사람처럼 절뚝이며 걸었습니다. 비참했습니다. 가족 같은 친구는 있었지만, 그들은 노부부였고 나의 가족은 아니었어요. 내가 이렇게 아프다는 걸 누군가에게 말하기가 어려웠습니다. 밤이면 혼자서 별을 올려다보며 외로움을 삭였어요.

그러면서도 강인하게 살아남아야만 한다는 신념이 있었기에, 그때 나온 자화상self-portrait No.2가 이 책의 프로필 사진입니다. 사진에 날아가는 박쥐가 있는 이유는, 밤하늘을 한없이 바라보다 보면 멜버른에서는 박쥐가 한 마리씩 날아가는 걸 볼 수 있기 때문이에요. 그리고 멜버른이 지금의 이름으로 정해지기 전에는 한때 Batmania라고 불렸습니다. 1800년대 초에 원주민 말고 이 지역을 처음 발견한 영국인들 중 한 명의 이름이 John Batman이어서 그렇게 불렸어요. 제가 가장 좋아하는 슈퍼히어로가 저와 성이 같은 배트맨이기도 합니다.

죽어도 살자

심장이 아팠던 건, 제 몸이 뭔가를 바로잡아야 한다고 신호를 보낸 셈입니다. 그래서 여름방학에 한국의 집으로 쉬러 갔어요. 오랜만에 부모님 댁에 오니 제 독수리 같던 눈매가 사르르 녹으며, 저는 그만 감기몸살에 걸려 일주일을 앓아누웠습니다. 몸을 의지로 가눌 수가 없었어요. 호주는 한국과 계절이 반대라, 한국에 오니 한겨울이었어요. 사실 그보다는 전사같이 굳건했던 마음이 집에 오니 풀어지며 그동안 아프지 못한 아픔을 쏟아 내는 것 같았어요. 아, 이렇게 살아서 뭐하나 싶었습니다. 한 달쯤 집다운 집에 있으니, 집으로 돌아와야겠다는 생각이 들었습니다. 호주로 가고부터는 한국인과 전혀 교류 없이 살다가, 영어를 가르치며 현지 한인들의 영어를 못해서 겪는 딱한 사정들도 알게 되고 그를 도우면서 한국인의 정을 느끼기도 했어요.

영어는 사실 그냥 언어가 아니라 문화입니다. 이 다른 문화를 알지 못하면 당연히 문화적으로 배척을 받게 됩니다. 자신의 무지는 인정하지 않은 채, 호주에서의 개인적 경험을 '인종차별', '위험한 나라'라고 성급한 일반화를 하며 인식하게 되지요. 저는 그렇게 느낀 적이 없어요. 이를 알리기 위해 쓴 책이 《영어책 : THE BOOK OF ENGLISH》입니다.

마침 제가 갚아야 하는 투자금을 모두 갚고, 저는 두 번째 이주를 했습니다. 호주에서 정착할 마음으로 살았기에 현지인처럼 살았고, 그러다 보니 제 물건들은 큼직한 것들을 정리하고도 컨테이너 반을 채울 양이 되었습니다. 그렇게 이삿짐을 컨테이너로 부치고, 저는 한국으로 돌아왔습니다.

한국에 돌아오니 놀랍게도 저의 몸은 다시 젊어졌습니다. 분명 두 블록 이상을 걷지 못했는데, 뛸 수도 있을 정도로 건강해졌습니다. 나중에야 어느 의학 보고서를 읽다 알게 되었는데, 심적인 압박이 심하면 심장이 아플 수 있다고 합니다. 부정맥의 원인은 우울증이라는 말이었죠. 사람의 마음이 살고 싶지 않으면, 아무리 젊고 건강한 사람도 마음이 몸에 병을 일으켜 결국 죽음에 이르도록 한다는 걸 깨달았습니다. 사람은 생각하는 대로 된다고 하잖아요. 좋은 쪽이든 안 좋은 쪽이든, 정말이었습니다.

호주에 도착하고는 '나는 이제 호주인이다'라고 제 자신에게 분명히 말했기에, 저는 정말 호주인처럼 (영어로) 생각했고, 입고 먹었고, 행동했습니다. 그랬더니 얼굴도 태도도 호주인처럼 변했어요. 아마 그랬기 때문에 즉시 영어를 하게 된 것 같아요. 언어를 '공부'할 시간적 사치가 없기도 했지만요. 듣는 즉시 흡수해 내 것으로 만들고, 현지인들을 흉내 내며 현지인처럼 행동해야 했습니다. 저는 아우레오 스튜디오를 운영

죽어도 살자

하는 사업가였으니까요. 내 실수를 용서해 줄 친구를 만나는 게 아니라, 매 순간 저를 판단하는 고객을 대해야 했습니다. 영어를 서툴게 하는 건 말도 안 되었어요. 그 이상의 프로페셔널리즘을 보여 줘야 했지요. 그러면서 깨달았어요. 언어는 이성으로 '공부'하는 게 아니라, 직관으로 습득하는 것이라는 진리를요. 언어는 강의를 일방적으로 듣는다고 배울 수 있는 게 아닙니다. 직접 써 봐야 나의 언어가 되지요.

사람은 경험을 통해 진정한 자신의 모습을 찾아가는 것 같습니다. 환경에 적응하는 게 인간이지만, 가슴이 하는 말을 들어야만 하는 것도 인간입니다. 그렇기 때문에 강한 믿음은 현실이 되기도 합니다. 이를 영어로 self-belief(자기믿음)라고 합니다. 믿음은 사실과는 다르기도 해서, 지금 이야기의 문맥에서는 self-deception(자기기만)이라고 합니다. 스티브 잡스는 이것으로 유명해요. 애플의 소프트웨어 사업부 부사장 버드 트리블은 그의 불가능을 가능하게 하는 카리스마를 〈스타트랙〉에 나오는 말을 빌려 reality distortion field(현실 왜곡장)라고 불렀습니다. 저는 호주 현지인이 되어 영어를 정말 잘하고 싶다는 꿈을 강한 믿음으로 현실화했습니다. 때로는 아직 현실이 아닌 사실을 기정사실로 강하게 믿고 행동했어요. 학생비자로 거주했지만 전혀 학생처럼 보이지 않았지요. '현실'은 정의하기 나름입니다. 영화 〈매트릭스〉가 은유하듯, 현실은 우리 머릿속에서 일어나는 화학작용에 불과할지도 모르겠어요. 믿음의 힘은 그래서 강력합니다.

지금 저는 죽음을 경험하고 돌아온 것 같습니다. 심장병으로 죽었다가 다시 살아났달까요. 제2의 삶을 시작하는 마음이에요. 두 블록 이상 걸을 수 있는 생명이 저에게 있어서, 제 마음엔 희망이 가득합니다. 삶이 있는 한, 희망 또한 있습니다. 어느 사업가가 제게 해 준 지혜의 말이 떠오르네요. 갚아야 할 부채의 금액이 문제가 아니라, 그걸 갚을 마음이 있느냐가 문제라는 말이에요. 사람은 살아남아야만 하는 의지와 그래야만 하는 상황에 처하면 초인적인 능력을 발휘할 잠재력을 품었습니다. 가족을 위해 무엇이든 감내해 내시는 어머니들과 아버지들을 보세요.

죽어도 살자

Death is always around the corner
죽음은 언제나 삶 언저리에 있다

그렇게 한국으로 돌아오고 얼마 되지 않아 집으로 통지서가
왔습니다. 35세 이하인 제가 귀국한 지 한 달이 지났으니 입
대하라는 통지서였어요. 호주에서 영주권을 받게 되면 미필
남성인 저는 한국 국적을 포기해야 했습니다. 그러나 군필을
하면 한국 국적도 유지할 수 있어요. 여성은 군필 여부와 상관
없이 이중국적이 가능합니다. 저는 국방의 의무를 남다르게
생각합니다. 제 안에 전사가 있달까요. 내 힘으로 내 가족의
안전을 지키는 일은 정말 멋있는 일이에요. 가족을 위해 싸우
다 전사한다면 그보다 멋진 죽음은 없을 것 같습니다. 군대에
간다는 저를 호주인 법대 교수님은 자랑스럽게 생각하셨습니
다. 그분은 제가 아는 영국 신사의 표본이시거든요. 공군 통
역병으로 입대하기 위해 토익 시험을 막 치렀는데, 통지서가
이렇게 빨리 올 줄은 몰랐습니다. 제게 온 육군 입영통지서는

명령으로 보였고, 저는 기재된 날짜에 맞춰 논산 육군훈련소로 입영했습니다. 통지서가 와도 이를 미루고 제가 원하는 군에 지원할 수 있다는 건 입대를 하고 나서야 알게 되었어요.

입대 일은 하필 12월이었습니다. 2년에 한 번 온다는 혹한에 덮인 육군훈련소에 갔지요. 추위에 아랑곳하지 않고 혹독한 훈련이 매일같이 이어졌습니다. 추위와 훈련보다 힘들었던 건 잠을 자다가 새벽에 일어나 불침번 근무를 서야 하는 일이었어요. 안 그래도 새로운 환경에 정신적으로 힘들고 육체적으로 지치는데 잠을 온전히 잘 수 없는 훈련이 5주나 이어졌습니다. 영국문화를 이어받은 호주에서 신사로서 존중받는 생활에 익숙했던 저는 당당한 걸음으로 훈련소에 들어가는 순간부터 한참 어린 병사들의 욕설로 조롱을 당했습니다. 기분이 좋을 리가 없었어요. 머리가 너무 아파 첫날 밤부터 진통제를 먹었습니다. 곧이어 유행하던 감기까지 걸렸습니다. 감기가 어찌나 심하고 오래가는지, 4주 이상 낫질 않아 폐렴으로 의심을 받았습니다. 실제로 논산훈련소에는 폐렴으로 죽는 훈련병이 많았고, 어딜 가든 손 소독제를 손에 뿌려 줬습니다. 이때는 팬데믹이 일어나기 전이었는데, 이미 끈적한 손 소독제에 진절머리가 나 있었어요.

매 식사마다 두툼한 약봉지와 은박지에 싸인 항생제, 초록

물약을 꺼내 삼키며 하루하루를 살아남았습니다. 살며 항생제를 그렇게 많이 먹은 건 처음이지만, 이때가 제겐 정말 행복한 시간이었습니다. 두 블록도 걷지 못하고 자칫하면 쓰러지는 죽어 가는 노인에서, 스물한 살의 젊은 친구들과 어깨를 나란히 하고 뛰며 훈련병으로서 군사훈련을 받다니요. 살아 있음에, 젊게 살아 있음에 감사했습니다. 나중에 자대에 배치받았을 땐 실망이 컸어요. 매일이 도전적인 훈련보다는 마냥 귀한 시간만 보내야 했거든요. 현역은 전쟁 대기조랄까요. 지은 죄가 없는데 2년이라는 감옥살이를 선고받은 심정이었습니다.

물론 그렇게 편안한 자대는 아니었어요. 제가 신체등급 1등급을 받아서인지, 사격을 잘해서인지, 육군에서는 그 수많은 연대 훈련병들 중에 한두 명만 보낸다는 3사단으로 저를 배정했습니다. 집이 부산인데 부대를 강원도로 보냈어요. 제가 그렇게 할 수 있는 게 많다고 적어 냈지만, 어학병도 아니고 운전병도 아닌, 고속유탄기관총이라는 말만 들어도 무시무시한 특기를 받았습니다. 어디로 가는지도 모른 채 버스에 실려 하루 종일 가서 내린 곳은 강원도 철원의 산골짜기 부대였습니다. 도착한 날부터 무릎까지 쌓인 눈을, 매일 아침 치우는 게 일과의 시작이었어요. 눈을 좋아하는 저는 좋았어요. 부대 전통이라서, 매일 아침저녁으로 영하 20~30도의 추위에 웃통을 벗고 산길을 뛰어야 했습니다.

저희 부대는 백골부대 38선 최선봉 돌파대대 또는 국군의 날 제정 기원대대입니다. 역사적인 대대라 〈진짜 사나이〉에도 나왔더라고요. 북한과 가장 가까운 곳에 있는 살벌함이 감도는 부대들 중 하나였어요. 그래선지 사고가 자주 났습니다. 군에서 '사고'라는 단어는 죽음을 의미하는 것 같아요. 이곳에서 망망의 시간과 보석이 박힌 듯 반짝이는 밤하늘, 그리고 쉬운 죽음을 봅니다. 철책 너머의 삶을 상상하며 지금 하지 못하지만 나중에 하고 싶은 일들을 생각합니다. 희망과 절망, 삶과 죽음이 함께해요.

부정맥이 있다는 걸 알고 충분한 회복의 시간을 갖기 전에 입대한 저는, 전투에서 전사하는 게 아니라 자대에서 훈련이나 근무를 하다 죽고 싶지는 않았어요. 정기적으로 병원을 다녔습니다. 부대에서 가까운 군 병원들은 부정맥까지 봐줄 수는 없어서 국군수도병원도 다녔습니다. 군인만 들어갈 수 있는 수도병원은 근사해요. 파병군까지 전군이 이곳에 옵니다. 군인 복지는 좋은 것 같아요. 제가 한국에 살았다면 공군 장교가 됐을지도 모르겠습니다. 대대장님께서 부대 차량으로 큰 병원에 가야 할 병사들과 저를 멀리 떨어진 수도병원까지 보내 주시고 데려와 주셨습니다.

에어백은커녕 안전벨트도 없는 아주 구식의 군용차였어요.

죽어도 살자

차 안팎이 철로 되어 있어서, 차량이 충돌하면 안에 탄 사람은 쇠 모서리에 박아 죽을 것 같았습니다. 병사가 타는 뒷좌석엔 문도 없어서 차 밖으로 던져지기도 쉬웠어요. 그런 차로 고속도로를 달려 국군수도병원을 다녔습니다. 대대장님께는 죄송하고도 감사하지만, 전군이 매일 같은 식단의 음식을 먹음에도 국군수도병원 중환자실 침대에 누워 받는 군대 밥은 미슐랭 스타급이었어요. 군 생활의 낙은 저에게도 군대리아였는데, 수도병원에서 나오는 군대리아는 이 세상 어느 햄버거보다도 맛있었습니다(대대장님 감사합니다).

무사히 전역하고 두세 달 뒤, 묘한 끌림에 의해 인터넷에서 어떤 기사를 클릭했습니다. 익숙한 지역의 어느 부대 군용차가 산길에서 마주 오는 트럭과 충돌해 타고 있던 부사관과 병사들 세 명이 즉사하고 한 명이 중상을 입었다는 작은 기사였어요. 사고가 난 그 군용차의 숫자를 보니, 고속도로를 달려 수도병원을 다녔던 바로 그 차였습니다. 큰 주목을 받지 못한 그 작은 기사는 찌그러진 군용차와 무고한 죽음을 무심한 문체로 기록했습니다.

몇 달의 차이로 제가 그 차에 타고 있었다면 어땠을까요? 우리는 최전방 부대까지 가지 않더라도 이 점은 기억해야 해요. 죽음은 항상 가까이에 있습니다. 언제 죽을지 모르니, 오늘의 살아 있음을 후회 없이 사용해요 우리.

Strong trees root down deeper
뿌리가 깊은 나무가 크게 자란다

전역을 하고 강릉의 외할머니 댁으로 여행을 다녀왔습니다. 인간의 오만한 개발 의지가 이곳까지는 닿지 못한 듯, 사람들은 자연과 조화롭게 살고 있는 아름다운 곳입니다. 외할머니 댁이 있는 작은 마을에서부터 스위스의 아름다운 계곡을 지나는 듯한 그림 같은 길을 따라가면 커피박물관이라는 곳이 있습니다. 어릴 땐 강릉이 이렇게 아름다운지 몰랐어요. 우리가 맑은 공기를 당연시 여기는 것 같달까요. 그런데 외가댁에서 벗어나 어머니와 드라이브를 하기로 한 결정은 정말로 잘한 생각이었습니다. 우리나라의 자연이 해외 못지않다는 걸 느끼게 한 길이었거든요(인간은 원래 남의 것을 더 좋게 인식하잖아요). 마음마저 밝아지는 길을 달려 도착한 박물관에서 커피나무 묘목을 샀습니다. 주먹만 한 화분에 커피나무 새싹이 네 그루 함께 심어져 있었어요. 다른 화분들엔 세 그루밖에 없었으니 더 특별한 기분입니다.

　부산까지 데려온 커피나무 새싹을 제 방 창가에 두고 매일 같이 바라보며 길렀습니다. 여름마다 비옥한 흙에서 나무의 양분을 뺏어 먹는 벌레가 생겨 나무에게 해가 되지 않는 방법에서 벌레를 잡느라 진땀을 빼기도 했어요. 어린잎이 갈색으로 타들어 갈 땐 제 마음도 탔지요. 나무도 새로운 환경에 적응을 하는지, 성장을 멈춘 것 같은 시간들이 흘렀습니다. 살아는 있는 건지 하며 분갈이를 해 주는데, 정말 놀랐어요.

　나무가 눈에 보이는 성장을 하기 전에 내면으로 먼저 성장하고 있었습니다. 환경에 적응을 하고 있었다는 게 느껴졌고, 뿌리가 무성했어요. 그 무성한 뿌리를 보니 내심 아기 커피나무가 기특해 보였습니다. 가끔 한 쌍의 잎을 피울 뿐이지만, 언제 열매를 맺어 그 커피를 내려 마실 수 있을는지는 모르겠지만, 저는 매일같이 커피나무를 바라보며 길러 왔어요. 하나의 화분에서 태어난 사 남매 커피나무는 어느새 각자의 화분을 차지했어요. 뿌리가 화분을 가득 채우면 조금 더 큰 화분으로, 또 채우면 더 큰 화분으로 옮겼습니다. 때마다 영양이 가득한 새로운 흙에 담아 주었어요. 그러던 어느 해의 여름, 하나의 기둥으로만 자라던 나무들이 가지를 뻗기 시작합니다. 학교를 졸업하는 자식을 보는 부모의 마음처럼, 감격스러웠어요. 완벽한 대칭으로 새잎을 펼치더니, 하늘을 향해 폭풍 성장을 하기 시작합니다.

갓난아기를 키우는 것 같던 4~5년이 흘러, 지금 커피나무는 '나무'라고 부를 수 있을 만큼 자랐습니다. 이제는 자신감이 생겨 과일 씨앗을 심어서 나무로 키우고 있어요. 사과를 먹고 나온 씨앗이 버릴 것이 아니라 살아 있는 생명으로 보입니다. 그냥 화분에 심고 물을 주면 며칠 뒤 싹이 올라와요. 사먹던 채소도 마찬가지입니다. 비싼 채소를 자급자족하는 건 의외로 쉬워요. 애가 애를 키우곤 하잖아요. 일단 해 보면 배우게 됩니다. '나중에 해야지' 하고 미루는 게 아니라, 일단 상황에 나를 던져 놓으면 할 줄 알게 됩니다. 수박을 먹고 나온 수많은 씨앗을 심고 몇 개 좀 죽었다고 내가 잃을 건 없잖아요. 그런데 '이렇게 하니 죽더라' 하는 경험이 남습니다. 그 경험치가 모여 더 멋진 일을 더 정확하게 할 수 있어요. 이게 바로 '성공'이지요. 내가 의도한 바를 이룬다는 의미예요.

가끔 죽고 싶을 만큼 힘들어도, 내가 지금 죽으면 이 새싹들이 나무로 크는 건 못 보겠구나 하여 힘을 냅니다. 그렇게 새로운 꿈이 생겼어요. 아파트가 아닌 땅을 사서, 그 땅에 지상으로 높은 건물이 아니라 지하로 깊은 건물을 짓고 지상에는 제가 지금 키우는 식물들로 숲을 만드는 겁니다(사실 한 종류의 나무를 심는 건 기후에 도움이 되지 않아요. 땅을 인간의 개입으로부터 내버려 두면 자연은 알아서 조화를 이루며 회복합니다. 체르노빌처럼요). 이웃의 공기를 맑게 하고 탄소를 흡수해 기후위기를 되돌리며 이웃의 휴식공간이 되는 숲은 인간에게 필수입니다. 지하는 여름엔 시원하고 겨울엔 따뜻하며, 방음이 잘 되어 조용합니다. 자연재해나 전쟁이 와도 지하라서 더 안전할 수 있지요. 자연과 조화롭게 살았던 선조들의 지혜를 계승하는 길이라고 생각합니다. 저는 호주에 살며 도시에 여러 개나 있는 근사한 왕립 공원에서 아주 큰 위안을 받았어요. 일상의 위안이었죠. 가족도 친척도 없는 혼자였지만, 혼자라도 굳건한 나무들과 튼튼한 잔디와 활기찬 새들이 있는 공원은 혼자란 생각이 들지 않는 신비로운 곳입니다. 반면 한국에선 나무는 건물을 가리고 개발될 땅을 막는다고 죽여도 되는 것으로 인식됩니다(이렇게 말하는 빌딩 주인을 만났을 땐 당황스러웠어요). 거리엔 벤치가 없고, 그래서 우린 카페가 유독 많죠. 우리나라가 우울증과 자살률이 가장 높은 나라인 이유는 바로 이것, 자연과의 단절이라고 생각합니다. 호주인 친구는 서울 청계천에 와 보고는 너무 'grey' 하다고 별로라고 했어요. 동물은 식물과의 공생으로만 생존할 수 있는 진리를 우리 문화도 깨달을까요?

나무를 키우며 배우는 게 있습니다. 인간의 육신은 나무와 참 닮았어요. 육신과 나무는 같은 자연의 법칙으로 사는 게 관찰됩니다. 어린나무를 강한 나무로 키우는 방법은 영양과 물을 듬뿍 주는 것이 아닙니다. 영양과 물이 풍족하면 커피나무들의 어린 시절처럼 벌레가 끓고 잎이 타들어 가 연약한 나무가 되거나 죽을 수도 있어요. 흙의 영양은 나무가 지금 필요한 정도로만 딱 적당해야 합니다. 물은 흙이 말라 갈 때쯤, 나무가 목이 말라 잎들이 축 처질 때쯤 지나치지 않게 주면 나무는 그런 척박한 환경에 적응합니다. 더 힘든 환경이 와도 살아남는 나무로 성장해요. 여기서 나무와 사람의 닮은 점이 보이시나요?

풍족하게 자란 아이는 무능한 어른이 되곤 합니다. 반면 가난과 역경 속에 자란 아이는 유능하고 똑똑한 어른이 되고는 해요. 능력뿐만 아니라 건강도 그렇습니다. 과식하는 몸은 병에 걸리기 쉽습니다. 암세포가 생기면 암이 빠르게 커집니다. 소식하는 몸은 병에 쉽게 걸리지도 않고, 대체로 장수합니다. 간헐적 단식은 몸에 활기마저 줍니다(전 종종 하고 있는데 머리도 맑아져요). 꽃이 핀 나무의 꽃을 오랫동안 피어 있게 하는 방법이 무언지 아시나요? 그 나무가 아주 목이 마를 때 물을 조금만 주어 연명하는 것입니다. 꽃이 피었을 때 물을 흠뻑 주면 꽃도 금방 떨어지고 맙니다. 사람이 성공하면 오만에 빠지게 되고 결국 실패하게 되는 원리와 같지요. 우리 몸도 아주 배

죽어도 살자

고플 때 조금의 음식만 주면 건강하고 장수한다고 믿습니다.

We know nothing for sure
인간이 확실하게 아는 것은 아무것도 없다

나무를 키우는 일은 제 개인적인 일만은 아닙니다. 어렸을 때 저는 파일럿이 되고 싶었어요. 홀로 엄청난 속도로 상공을 나는 전투기 조종사도 멋지지만, 민간항공사 기장이 되고 싶었습니다. 제가 모시는 200명 승객의 목숨을 제가 책임지는 일이니까요. 저는 많은 사람들을 위한 대의를 위해 태어난 것 같습니다. 그런 일을 할 때 더없이 보람차거든요. 그러기 위해 대학교 재학 중 저의 목표는 하나였어요. 앞으로의 시대가 어떤 시대가 될 것인지 알아내는 것이었습니다.

외국인에겐 천문학적인 호주 대학교 학비가 아깝기도 하여, 저는 학생으로서 대학교 도서관을 이용할 수 있는 권리에서 최대한의 가치를 만들기로 했습니다. 저희 어머니는 제 말을 믿지 않으시지만, 저는 1년에 천 권의 책을 3년 동안 바짝 읽었어요. 일주일에 적어도 스무 권의 책을 읽었고, 방학에 여행도 가지 않고 책만 읽으니 그렇게 되더군요. 대학교 도서관에 있는 다양한 분야의 책을 호기심이 이끄는 대로 읽었습니다. 멜버른에는 뿌리 깊은 동네 서점들이 있어서 이곳의 매력도 제가 책을 사랑하게 된 데 한몫했어요. 모두가 책에 관심을 두는 문화는 사랑스럽습니다. 저는 자연의 법칙들을 탐구하고 싶기도 했어요. 책과 함께 다큐멘터리와 인터넷 속의 정보들을 닥치는 대로 흡수했습니다. 무지의 사막에서 진리에 목마른 사람이었달까요. 그러면서 깨달은 것들이 몇 가지 있습니다.

인류 지식의 최첨단인 물리학을 파고들며, 인간이 확실하게 '아는 것'은 하나도 없다는 것을 깨달았습니다. 학창 시절 외웠던 법칙들을 낳은 물리학은 결국 이론들이었고 가설이었으며 진리는 아니었습니다. 사람의 생명을 다루는 의학도 사람의 생명이 어디서 기원하는지는 알지 못한다는 걸 알게 되었어요. 사람이 어떻게 살아 있는지를 모르는 의학이라니. 법학을 얕게나마 공부하면서는 법조차도 완벽하지 못하다는 걸 깨달았습니다. 법에는 빠져나갈 구멍loophole이 있을 수밖에 없고, 인간이 만드는 법은 항상 더 나아지고 바뀌어야 해요. 법은 곧 상식이고, 상식이 곧 법이 됩니다(상식을 지닌 사람은 드물죠).

그리고 인류가 앞으로 직면한 시대를 보게 됩니다. 사람이 서른 살부터 커리어를 시작해 예순까지 활발히 사회활동을 한 다고 했을 때, 제 생명의 시간 중 그 기간에는 기후변화가 가장 큰 인류의 문제임을 알게 되었습니다. 이 문제를 근본적으로 해결할 수 있는 방법들을 고민했어요. 쉬운 문제가 아니었습니다. 아무리 결론을 도출해 보아도, 가장 확실한 방법은 정말 우울했습니다. 그건 우리가 살지 않는 것이에요. 아무것도 하지 않고 죽는 게 기후변화에 일조하지 않는 최고의 방법이라고 도출했습니다.

그게 아니라면, 우리 모두가 각자 할 수 있는 역할을 분담해 변화를 만드는 게 인류의 생존을 위한 유일한 길입니다. 인간활동의 모든 부분을 바꿔야 하지만, 어떤 분야는 다른 분야보다 더 큰 영향을 끼칩니다. 가장 큰 영향을 끼치는 부분은 제조업이에요. 우리가 어떻게 만들고 어떻게 소비하는지가 기후위기의 가장 큰 원인입니다.

제조 산업은 기반이 없는 사람이 혼자 뛰어들어 바꾸기에는 너무나 거대합니다. 기존의 방식이 고착된 산업이에요. 저는 제조업을 제대로 해 보려고 산업디자인과에 입학했습니다. 호주에서 최고로 여겨지는 디자인대로 갔는데, 저는 우리 대학의 강사들과 많이 싸웠어요. 기후변화에 일조하지 않는 방법으로 제조를 하는 방법을 배우고 싶은데, 대학교는 그런 방법을 알지 못했습니다. 학점을 받기 위한 과제로 기존의 지저분한 제조법을 사용하게 했는데, 저는 이를 따르고 싶지 않았어요. 목재 부스러기를 압축해 만든 MDF를 레이저 커팅해서 무얼 만들라는 과제의 지시사항을 기어코 따르지 않고, 제 스스로 바이오플라스틱이라는 생분해되는 플라스틱을 찾아 그걸로 시제품을 만들었습니다. 어떤 강사는 제게 낮은 점수를 주었고, 어떤 강사는 저를 존경했으며, 어떤 강사는 제가 괘씸했는지 낙제 점수를 주었어요. 낙제를 받으면 그 과목을 다시 수강해야 했고, 대학교 한 학기 학비는 고급 자동차를 살 정도의 막대한 금액이었습니다. 그 시간을 위한 월세와 생활비는 또 그 정도의 금액이에요. 1학년을 마치고 앞으로 남은 3년은 지금까지 해 온 작업의 세 번 반복이라는 커리큘럼을 확인하고는 저는 자퇴했습니다. 저희 대학교의 모토는 'Learning by doing(직접 해 보며 배우기)'이에요. 대학교 학비로 직접 제조를 해 보기로 했습니다.

수년이 흐른 뒤, 제가 찾아 사용해 본 바이오플라스틱 PLA는 실제 자연환경에서 생분해가 되지 않는 것으로 드러났습니다. 호주 정부는 이 물질의 사용을 금지하기에 이르렀어요. 그러나 여전히 우리나라에선 PLA가 생분해가 된다고 믿어집니다. 그렇게 저는 완벽히 자연과 조화로울 수 있는 재료를 찾아오고 있습니다. 무슨 일을 해도 탄소를 배출하고 기후변화에 영향을 끼쳐서 몇 년은 아무 일도 하지 않기도 했어요. 그랬더니 제 자신이 생존하기 어려운 지경에 이르렀습니다. 통장 잔고에서 0원을 보기를 여러 번 했어요. 다른 사람들을 위한 일을 하고 그 대가를 받아 저의 생활비를 벌어야 했습니다.

지구의 생물생활권ecosphere에 최소한의 영향을 끼치는 미술을 시작했습니다. 완전히 새로운 재료로 현대적인 미술을 하기에 앞서, 미술의 전통에 존중을 표하고자 가장 전통적인 미디엄으로 먼저 100 작품을 만들기로 합니다. 바로 캔버스에 유화예요. 이를 제대로 하기 위해 저는 르네상스 오일페인팅을 10년째 배우고 있습니다. 그러면서 유화가 연금술 같다는 것을 알게 되었어요. 오랫동안 작업을 해 오고 있는 미술 작가들의 유화에 대한 지식이 서로 다릅니다. 정답은 없고, 믿음만이 있어요. 어느 미술대 교수님이 맞다고 생각하는 방식이 제 생각엔 틀린 방식이기도 합니다(서양 기법이기에 영어를 못하면 제대로 배울 수 없습니다). 과학이라고 생각했던 안료도, 물리학처럼 연구자의 상상력과 직관 없이는 안료를 개발할 수 없음을 알게 되었습니다. 미술가는 그저 '될 것 같은' 페인팅 방식을 시도해 보고, 그렇게 나온 작품이 영구적으로 보존되는지 시간을 통해 알아 가야 합니다. 온갖 고뇌와 정성과 내 인생의 시간을 쏟은 작품이 시간이 흐르며 의도했던

죽어도 살자

모습과는 다르게 변형되고 훼손되는 모습을 보면 가슴이 찢어집니다. 이것만은 영원하리라 하며 영원의 상징을 담은 미술품도 어쩔 수 없는 필멸의 존재임을 목격하면 어찌나 허무한지 모릅니다. 그 작품을 소장하신 컬렉터께는 너무나 송구스럽습니다. 그조차 이 작품의 고유한 아름다움으로 수긍해 주시는 컬렉터를 만나 감사하게도 다시 도전할 용기는 잃지 않습니다. 레오나르도 다빈치도 같은 경험을 했어요.

인간이 제대로 아는 것은 하나도 없다는 깨달음은 마음을 굉장히 자유롭게 합니다. 모른다고 생각할 것도 없어지고, 안다고 생각할 것도 없어지지요. 무엇이든 그냥 해 보게 됩니다. 자연의 진리는 몇 가지 없고, 그런 자연의 법칙은 모든 것에 적용되니까요. 하고 싶으신 일이 있으면, 지금 하세요. 일단 하기 시작하면 배우게 됩니다.

Deconstruction constructs a piece of art
망가뜨려야 작품이 된다

삶도 그렇습니다. 맞다고 생각한 길을 갔더니 맞지 않는 길임을 깨닫고 좌절할 때가 있지요. 돌이킬 수 없는 삶의 시간을 그렇게 보내고, 점점 나이 들어 갑니다. 구부러졌다가도 본래의 형상으로 돌아오는 탄성이 좋은 철판처럼, 구부러졌다 돌아오기를 반복하다가 어느 지점을 지나 탄성을 잃게 됩니다. 구부러져 돌아오지 않아요. 그렇다면 마음껏 도전할 수 있을 때만 도전해야 할까요?

영어에는 이런 말이 있습니다. "It will take some charms to get what you want." 원하는 바를 이루려면 그 대가를 치러야 한다. 저는 어려서 못 이룬 일들이 아쉽기는 해도 후회하지는 않습니다. 나이는 조금 들었지만 저는 지금의 제가 좋아요. 왜냐하면 여러 번 구부러지며 제 몸에 그 기록이 남았기

죽어도 살자

때문입니다. 주름도 생기고, 흰머리도 생겼지만, 저는 팔팔하던 때보다 넓은 시야와 깊은 시선을 가졌습니다. 잠을 줄여 가며 누구보다 열심히 그리고 많이 한다고 목표를 빨리 이루지 않는다는 진리를 알게 되었어요. 속도는 정확성입니다. 40대의 디트리히 마테시츠는 하던 일을 관두고 새로운 사업을 시작했고, 그간 일을 하며 쌓은 혜안은 단숨에 그의 사업을 전 세계에 알려진 브랜드로 만들었습니다. 바로 레드불이에요. 그는 지금 오스트리아에서 가장 부자인 독신남입니다. 하워드 슐츠도 그렇습니다. 젊지 않은 나이에 시작해서 스타벅스를 우리가 아는 스타벅스로 만들었어요. 사람은 마음을 강하게 먹으면 전세를 바꿀 능력이 있습니다.

소설이나 영화에 등장하는 주인공들이 하나같이 말끔한 철판이라면 그 이야기는 재미가 없을 것입니다. 세상의 풍파라는 환경은 순수한 아기였던 사람을 여기저기 상처와 주름과 인상 가득한 개성character으로 만들어 냅니다. 구부러지고 흠집이 난 철판은 그로서의 가치가 훌륭합니다. 젊고 날씬했던 마동석에게 지금만 한 매력이 있었나요? 캐리비안의 해적이 스무 살의 레오나르도 디카프리오였다면 그 영화는 재미가 없었을 겁니다. 재료를 망가뜨려야 작품을 만들 수 있습니다. 망가짐을 두려워해서는 작품을 창작할 수 없어요.

그리고 '망가진다'는 건 관점의 차이입니다. 어떤 그림을 누군가는 낙서로 보고, 다른 이는 명화로 봅니다. 아름다움은 보는 사람의 마음속에 있는 것이니까요. 이를 영어로 behold 라고 합니다.

실수도 그래요. 일찍부터 만들기를 시작한 저는 사실주의부터 시작했습니다. 모형을 만드는데, 실제처럼 재현하는 게 목표였어요. 그러다 보니 붓질을 실수하면 가슴이 철렁 내려앉습니다. 수십 년이 지나 여전히 붓질을 하고 있습니다. 이제는 실수를 바라보는 인식이 달라졌어요. 긍정적인 2가지 중 하나이기 때문이죠. 실수를 수정하며 더 좋은 결과를 만들어 내거나, 우연한 실수로 비범한 작품을 탄생시키거나. 이 '실수'는 물건에게도, 사람에게도 같게 적용됩니다.

고흐의 무덤이 있는 동네에 정착하여 작업하는 어느 화가의 흙으로 그린 작품이 그렇게 탄생했습니다. 무작정 아내와 해외로 떠나 온갖 궂은일을 하며 작업을 이어 갈 때에 이 부부는 좁은 집에 살았다고 해요. 작품을 건조할 공간이 부족해 주방에서도 작품을 말렸고, 어느 날 아내가 설거지를 하다 작품에 물이 튀었습니다. 세로로 세워진 작품에 물이 튀어 주르륵 흐르는 모습을 본 작가는 작품을 망쳤다고 분개하기보다는 그에서 영감을 얻습니다. 캔버스에 흙과 안료를 섞어 직접 만든 붓으로 그린 뒤 물을 뿌려 흘립니다. 그렇게 세상에서 이 작가만 만드는 독자적인 작품이 탄생했어요. 유일무이한 작품으로 작가는 큰 성공을 이루었습니다.

실수는 경험이자 기회입니다. 더 나은 사람으로 거듭날 수 있지요. 실수는 부끄러운 게 아닙니다. 실수로부터 배우지 못함이 부끄러운 일이지요. 실수를 고치면 그 부분은 누구보다 뛰어나게 됩니다. '경험'은 실수를 부르는 단어예요.

충격요법이라고 하죠. 전 소셜미디어에 (영어로) 글을 쓰고, 그렇게 공개적으로 한 말은 머릿속에 확 박히는 충격요법으로 성장해 왔어요. 부끄러운 실수도 많이 했지만, 그렇게 슛을 시도하지 않았다면 다득점을 할 수 있었을는지 모르겠습니다(마이클 조던이 그랬죠). 영어로 말하는 것도 그냥 내뱉어 보면서, 틀리면서, 실수하면서 늘었어요. 아마 이걸 사람들은 '자신감'이라고 부르는 것 같습니다. 자전거도 스케이트보드도 넘어지면서 배우는 거라고 하잖아요. 요리도 실패해 보며 배우는 것 같아요. 영어도, 심지어 인간관계도 그런 것 같네요.

Balance is of the essence
균형은 자연의 법칙이다

아름다운 것들은 서로 전혀 다른 개성을 품었습니다. 다 똑같이 생겼다면 아름다움과 추함의 구분이 없겠죠. 다르기 때문에 아름답습니다. 세상의 아름다움은 다양성에서 연유합니다.

인간은 자신들이 숨 쉬고 살 수 있는 행성을 Earth라고 부릅니다. Earth는 '땅'이라는 말이에요. 실로 지구는 땅보다는 바다가 많습니다. 70% 이상이 바다예요. 인간이 지상이 아닌 수중에 살았다면, 우린 이 행성을 Ocean 혹은 '바다'라고 불렀을 것입니다.

우리 행성엔 우리뿐만이 아닙니다. 아주 다양한 개체가 같은 생물생활권에서 살아갑니다. 각각의 개체는 그 존재로서 서로에게 영향을 끼칩니다. 바다에 물고기가 살지 않는다면

죽어도 살자

우린 초밥을 먹지 못할 거예요. 닭이 살지 않는다면 치킨도 없겠죠(그러나 그들은 음식이기 이전에 생명입니다).

지구의 면적은 한정되어 있습니다. 하나의 개체가 더 많이 살려면, 다른 개체는 죽어야 합니다. 지구의 모든 개체가 서로 영향을 끼치기에, 하나의 개체가 지나치게 많으면 다른 개체는 죽고 맙니다. 하나의 변화가 전체에 영향을 끼치지요. 영어 system은 '서로 영향을 끼치는 관계를 가진 망'을 의미합니다. 기계적 시계를 이루는 부품들과 같습니다. 하나의 부품이라도 빠지면 시계는 작동하지 않아요. 모든 톱니바퀴가 중요합니다.

지금 우리는 고장 난 시계를 경험하고 있습니다. 더 많은 인간이 살기 위해 지구상의 많은 개체들이 죽어야 했습니다. 지금 살아 있는 인간들이 더 많은 소고기와 닭고기를 먹기 위해 많은 동물들과 식물들이 죽어 자리를 내어 줘야 했어요. 우리 행성의 부품들이 빠졌지요.

자연은 원상태로 돌아가려는 성질이 있습니다. 인간보다 더 거대한 존재, 기후가 움직이기 시작했어요. 기후는 무너진 균형을 바로잡으려 합니다. 균형을 무너뜨린 존재를 누그러뜨리는 일이에요. 다른 개체들과 조화롭게 살아야 하는 진리를 잊고 오만하게 개체 수를 늘린 개체, 인간을 죽이려 합니다. 자연은 지구에서 가장 강력한 청소제, 물을 이용할 거예요. 바다는 지금까지 오르는 지구의 온도를 흡수해 주고 있었죠. 열을 머금은 물은 팽창합니다. 지구의 땅은 더 줄어들 거예요.

아름다움을 보면 우리 마음에도 행복이 느껴집니다. 조화롭기 때문이에요. 조화를 잃은 세계는 무너지고, 조화를 잃은 개체는 죽게 됩니다. 우리가 인류라는 하나의 개체로서 살아남으려면, 우리가 속한 세계에서 우리가 차지할 영역을 알고 그 이상은 취하지 않아야 합니다. 바다에서 아기 물고기까지 모조리 잡으면 머지않아 더 이상 잡을 물고기가 없겠지요. 지구의 균형을 잡아 주는 고래의 음식을 인간이 탐하지 않아야 합니다.

당신은 아름다운 존재입니다. 당신의 아름다움은 다른 사람이 살아 있어야 아름다울 수 있습니다. 다른 개체가 없다면 인간도 없습니다.

We're on the same boat
우리는 한배를 탔다

오랫동안 묵혀 두었던 롤러블레이드를 꺼내 동네에서 타 볼 때의 일입니다. 어릴 때 산 롤러블레이드를 마스터하지 못한 게 서른 살이 되어서 아쉬웠나 봐요. 갑자기 해운대 바닷가에서 타 보고 싶어졌습니다. 한 짝에 바퀴가 5개가 달린 스피드 롤러블레이드를 타고 내리막이 급한 미포를 내려가는데 속도를 제어하기가 어려웠어요. 간신히 벽을 붙잡고 내려가고 있었죠. 그런데 어느 40대 남자분께서 웃으며 다가오셨어요. 자기가 잡아 줄 테니 자신을 믿고 가라고 하셨죠. 저도 그리 가볍지 않은 성인의 몸인데, 그분의 팔뚝 힘은 대단하셨어요. 끝까지 저를 놓지 않으시고 경사 길을 내려와 평평한 바닷가 길까지 잡아 주셨습니다. 그러고는 쿨하게 웃으시며 가셨어요.

호주의 시티에서 자전거를 타고 가던 때의 일이에요. 빠르게 달리는 걸 좋아하는 저는 잘 닦인 자전거도로를 그렇게 질주했습니다. 그런데 갑자기 체인이 빠졌어요. 체인은 기름이 범벅되어 맨손으로 만졌다가는 손에 잘 지워지지 않는 기름때가 묻게 되어 저는 내려서 자전거를 끌고 갔습니다. 자전거를 끌고 터벅터벅 걸어가는데 키가 제 허리까지밖에 오지 않는 어떤 꼬마가 와서는 맨손으로 제 자전거의 체인을 바로 끼워주었습니다. 너무 순식간이어서 어리둥절하면서도 저는 "Oh, thank you!"라고 말했죠. 그 소년은 제 눈을 한번 쳐다보더니 자기 가족들이 있는 무리로 달려갔습니다. 맨손에 묻은 기름때가 잘 씻기지도 않을 텐데…. 정말 고마워서 십여 년이 지난 아직도 기억해요.

군인 신분이던 때의 일입니다. 저희 동네 해운대에 초강력 태풍이 몰아쳤어요. 바람이 어찌나 세던지 가로수가 뽑혀 나가고 도로 표지판이 기역 자로 휘어졌습니다. 높은 건물의 유리창이 깨지고, 마린시티는 바닷물이 차올라서 도로에 주차되어 있던 자동차들이 건물 2층 높이로 떠밀려 올라갔어요. 사람이 날아갈 정도로 비바람이 강했습니다. 제 안에는 이상한 정의감이 있어서, 이런 자연재해가 오면 가만히 있지를 못합니다. 지진이 왔을 때도 그랬으니까요. 저는 밖의 상황을 살피려고 해운대의 광화문 거리라 할 수 있는 구남로로 나갔어요. 그곳에서 발이 묶인 외국인 여행객들을 발견했지요. 아

죽어도 살자

시아의 어느 국가에서 온 것 같은 두 명의 여자분이었습니다. 그들은 여행 가방을 끌고 호텔에 들어가야 하는데, 태풍이 너무나 강력해 건물 안에서 피신하며 발을 구르고 있었어요. 그들에게 가 영어로 어떻게 된 일인지 물었고, 그들의 호텔이 구남로 건너편이라는 대답을 들었습니다. 밖의 상황을 살피다가 제가 잡아 줄 테니 같이 가자고 했어요. 어떤 초인적인 힘이 나와 태풍이 몰아치는 구남로를 가로질러 그 두 사람과 여행 가방을 끌고 호텔까지 데려다줬습니다. 그들은 고마워서 어쩔 줄 몰라 했고, 저는 쿨하게 자리를 떠났어요.

세상은 인류애로 가득합니다. 위험에 처한 인간을 보면 인간으로서 돕고 싶은 본능이 있는 것 같아요. 그리고 친절은 돌아오지요. 날카롭고 비판적인 사람도 죽음을 경험하고 돌아오면 친절한 사람이 됩니다. 죽음이라는 같은 종착역을 향해 가는 우리는 삶이라는 여정을 함께하는 여행객이니까요. 동시대를 살아가는 우리는 넓은 의미에서 '친구'라고 할 수 있습니다. 우린 결국 죽는데, 서로 친절하지 않을 이유가 있을까요?

Deadly desire is lively desire
죽고픈 욕구는 살고픈 욕구다

사랑하기 때문에 슬픕니다. 사랑하지 않는 사람과 헤어지면 슬프지도 않아요. 자연엔 정반대되는 성질들이 한 끗 차이로 뒤집어집니다. 죽음도 마찬가지인 것 같습니다. 정말로 죽고 싶은 사람은 정말로 살고 싶은 사람이에요. 그래서일까요? 스스로를 죽이길 결심한 사람은, 죽음의 순간에서 후회한다고 합니다(저도 그랬어요).

패션디자인과의 첫 수업은 공업용 재봉틀로 직선과 곡선을 재봉하는 수업이었어요. 실과 밑실, 그리고 재봉하는 천이 이루는 장력이 서로 조화를 이루어야만 천이 울거나 올이 헐겁지 않은 완벽한 실선을 재봉할 수 있습니다. 두 장의 천을 하나로 연결하는 기능이라는 존재의 이유가 있으면서 보기에도 좋은 재봉선이 정말 아름다워요.

죽어도 살자

디자이너는 손도 쓰고 머리도 쓰는 역할입니다. 패션의 역사를 공부하는 수업도 있었고, 학생이 각자 정한 디자이너에 대해 조사하는 수업도 있었습니다. 많은 디자이너들을 훑으며 저는 한 디자이너에 꽂혔어요. 그는 알렉산더 맥퀸입니다. 그의 패션쇼는 '쇼'가 아니에요. 그 이상입니다. 옷이라기보다는 예술이고, 제품이라기보단 메시지예요. 맥퀸의 쇼를 모두 보고 반하고 말았습니다.

맥퀸은 영국의 가난한 택시 기사 아버지와 교사 어머니 사이의 육 남매 중 막내로 태어났습니다. 그가 패션계에 발을 들인 방법은 독특해요. 어려서 옷을 좋아하고 공부에는 큰 관심을 보이지 않은 맥퀸은 열일곱에 학교를 나와 기본적인 테일러링만 배운 뒤 영국의 양복점이 모여 있는 사빌 로우에서 견습공으로 취직합니다. 옷을 제대로 배우고 싶었지만 돈이 없었던 맥퀸은 스물두 살에 세인트마틴스라는 예술대학에 튜터로 취직을 원했지만, 동갑내기를 가르칠 순 없다는 이유로 대학에서 거절을 당합니다. 패션에 굉장히 열정적이었던 맥퀸의 재능을 알아본 대학 관계자는 그에게 학생으로 입학하기를 권유합니다. 그 학교는 지방시와 크리스찬 디올의 수석 디자이너였던 존 갈리아노가 나온 학교예요. 맥퀸보다 9살 위죠. 그렇게 세인트마틴스 학생이 된 맥퀸은 졸업쇼까지 해냅니다.

그야말로 충격적이었던 맥퀸의 졸업쇼 컬렉션은 귀족 가문 출신의 영향력 있는 스타일리스트인 이자벨라 블로의 눈에 들었습니다. 그녀는 맥퀸의 집에까지 찾아가서 졸업쇼 컬렉션을 전부 구입했어요. 이때 맥퀸은 정부 보조금을 받으며 힘든 생활을 하고 있었지요(그럼에도 불구하고 팔릴 만한 옷을 만들기보다는 전혀 팔릴 것 같지 않은 충격적인 디자인으로 컬렉션을 만든 건 놀랍습니다). 이로부터 이자벨라 블로는 알렉산더 맥퀸의 귀인이 됩니다. 원래 이름은 리 맥퀸인데, 이자벨라의 설득으로 미들네임인 알렉산더를 디자이너 이름으로 쓰기로 했어요. 맥퀸은 그녀의 도움으로 양복 재단사에서 디자이너가 되었고, 그의 천재적인 창조성에 더해 엄청난 업무량을 소화하며 큰 성공을 만들어 냅니다. 지금도 '맥퀸' 하면 다른 패션브랜드들 그 위에 존재하는 아우라가 느껴져요.

귀족에 부자로 원하는 것은 무엇이든 살 수 있고 남편의 적극적인 지지로 원하는 일도 무엇이든 할 수 있었던 이자벨라는 그러나 어느 날 스스로 죽음을 택합니다. 후원자이기도 했지만, 자신의 예술세계를 이해하는 절친이었던 이자벨라의 죽음은 맥퀸에게 큰 충격을 안겨 줬어요. 그래도 맥퀸은 지치지 않고 컬렉션마다 충격적으로 아름다운 쇼를 창조해 냈습니다. 그래서 그의 작품세계를 수식하는 말은 Savage Beauty예요. 길들여지지 않은 포악한 맹수를 설명하는 단어 savage 같

죽어도 살자

은 미학이라는 말이지요. 그러고는 지금까지의 충격적인 컬렉션과는 다르게, 성스럽게 아름다운 컬렉션을 다 준비하고 쇼를 열기 직전, 그는 자신의 아파트 옷장에서 목을 맨 채 발견됩니다. 그의 친구가 죽은 방식이었어요.

패션디자인 스쿨에서 제가 맥퀸에 대해 조사를 했던 때가 그가 죽은 지 얼마 되지 않던 때입니다. 본인의 말대로 '개처럼' 일했던 맥퀸은 더 이상 돈을 걱정하지 않아도 되었고, 커다란 나무 한 그루가 있는 별장도 있었으며(그는 그 나무를 사랑한 나머지 하나의 쇼를 그 나무에 영감 받아 만들었어요), 자신의 이름으로 패션하우스도 만들었습니다. 살아 있는 전설이 되었어요. 패션계는 수석 디자이너를 신처럼 대합니다. 계속 창작을 해야 하는 고통은 있지만, 패션하우스는 디자이너를 극진하게 떠받듭니다. 그럼에도 맥퀸은 자신의 작품처럼 충격적인 방법으로 너무 일찍 죽음을 맞았어요.

그의 작품은 화면만으로 보았지만 저를 감동시켰어요. 맥퀸은 제게 우상이 되었습니다. 그의 죽음의 방식은 저에게도 영향을 끼쳤어요. 아마도 그 또한, 그의 친구가 스스로 죽지 않았다면, 아무리 산다는 것에 회의를 느꼈어도 노년까지 살지 않았을까 합니다. 사람은 본능적으로 다른 사람들이 하는 대로 따라 하려고 하잖아요(모방심리는 영장류의 공통성입니다). 고등학생 때 처음으로 저는 스스로 죽고 싶다는 생각을 했어요. 그 이유는 아마도 그때 뉴스를 통해 그런 소식을 많이 들어서 '아 그럴 수도 있구나' 하고 무의식중에 학습하게 되어서인 것 같습니다. 지금 삶이 견디기 힘드니까, 이 삶을 포기해 버리자고 생각했어요.

포기는 새로운 길을 내어 주는 기회가 되기도 합니다. 무얼 하기로 선택하면 다른 것은 하지 못하잖아요. 그렇지만 나의 생명을 포기하는 건 다릅니다. 살기 싫은 이유 때문에 다른 모든 것들도 잃게 되지요.

무엇을 보느냐에 달렸어요. 마음은 한 번에 하나에만 집중할 수 있습니다. 행복을 보느냐, 불행을 보느냐, 실수를 했다면 그 실수를 절망으로 보느냐, 더 강하고 지혜로운 사람으로 거듭날 기회이자 경험으로 보느냐. 삶의 주인공은 여러 가지 시련을 겪습니다. 그 시련들에 '어떻게 대응하느냐'에 따라 그 주인공이 어떤 사람이 되는지 결정됩니다.

창작은 삶을 사랑해야만 할 수 있는 일이라고 누군가 말했습니다. 맥퀸은 동시대를 살았던 그 누구보다도 강력한 창조력이 끓어오르는 사람이었어요. 그는 열정적으로 살고 싶었던 것 같습니다. 살고 싶지 않았다면, 그는 정부 보조금을 받

죽어도 살자

으며 하루하루 비참하게 살다 어쩔 수 없는 죽음을 맞았겠지
요. 살고 싶지 않았다면, 죽지 못해 살아가는 사람들처럼 길
거리로 나가 노숙자가 되었을 겁니다. 죽기 싫은 사람은 죽은
것처럼 삶을 사는 사람입니다. 죽고 싶은 사람은 정말 삶을 잘
살고 싶은 열정이 있는 사람입니다. 그렇지만 인생은 게임이
아니에요. 캐릭터를 지웠다가 새로 시작할 수 없습니다. 뱀처
럼, 시작과 끝이 있는 하나의 선이에요.

Welcome. You've entered a tunnel called life. If you search for the meaning of the journey inside that tunnel, you won't get out of it. You just walk forward, try not to trip over. There's nothing but the moment called now. And you walk through different shades of light along the way. When you manage to see purple, you've lived a full life.

환영해요. 당신은 '인생'이라는 터널에 들어오셨습니다. 이 터널 안 여정의 의미를 찾으려 하신다면, 끝내 나오지 못하실 수도 있어요. 그저 앞으로 계속 나아가세요. 넘어지지 않게 조심하시고요. 이 여정에는 '지금'이라 불리는 순간만이 있습니다. 그리고 당신은 빨강부터 보라까지 각각 다른 빛의 파장을 걷게 되실 거예요. 인생이라는 여정 속에서 보라라는 빛까지 보게 되신다면, 당신은 온전한 인생의 여정을 살아 내신 겁니다.

Part II

The beginning is always today
언제나 오늘이 바로 그 시작이다

절망은 어제의 나에 내 마음을 쏟는 데서 온다. 인생은 흐름이고, 오늘은 다른 날이다. 오늘은 새로운 시작이다. 오늘 아침을 어떻게 시작하는지가, 나를 희망으로 이끈다.

슈퍼맨은 총칼에 다치지 않는다. 막강한 슈퍼맨에게도 아킬레스건이 있다. 크립토나이트에 찔린 슈퍼맨은 생명의 위협을 받는다. 부상 당한 슈퍼맨은 그러나 햇빛을 보면 다시 살아난다. 태양에너지electromagnetic radiation. 이는 생명이 있는 모든 동식물에게 힘을 준다. 인간에게도.

무기력하고 우울하다면, 내일은 동틀 때 산이나 바다로 가보라. 피부로 햇빛을 느끼라. 태양의 에너지를 받고 집으로 돌아오면, 당신은 긍정과 희망의 에너지로 가득할 것이다.

죽어도 살자

살아 있는 한, 희망이 있다. 언제나 오늘이 그 시작이다.

Now or Never
지금이 아니면 다음은 없다

〈캐리비안의 해적〉의 주인공 조니 뎁은 영화배우가 되기 위한 준비를 하나도 하지 않았습니다. 조니는 어렸을 때 선물 받은 기타를 연주하길 좋아했고, 열일곱에 학교를 자퇴하고 음악가가 되기로 결심합니다. 충동적인 결정이었는지, 2주 만에 자퇴를 후회한 조니는 다시 학교에 들어가려 했어요. 교장선생님은 그런 조니에게 꿈을 좇으라고 말해 줬대요. 그래서 조니는 생활비를 벌기 위해 다양한 일을 하며 밴드활동을 계속했습니다. 밴드 멤버의 누이와 (첫 번째) 결혼을 했는데, 메이크업 아티스트였던 그 부인이 조니에게 니콜라스 케이지를 소개해 줬어요. 니콜라스는 조니에게서 배우로서의 재능을 알아보고 영화 관계자에게 소개했고, 그렇게 조니는 영화배우가 되었습니다. 그의 나이 스물두 살이었어요.

죽어도 살자

우리는 어릴 때 무엇이 되겠다는 목표를 갖고 그를 위해 준비하는 데 굉장한 시간을 씁니다. 혹은 수능 점수에 맞춰 대학교 전공을 정하고 의미 없는 대학생활을 보내기도 해요. 증권맨이 되기 위해 큰 비용을 들여 미국 유학까지 다녀오고 대기업에 들어가기 위해 시험준비까지 해서 어렵게 원하던 기업에 입사를 하고는 몇 년 만에 이 길이 자신의 길이 아님을 깨닫고 퇴사를 하기도 합니다. 이미 커리어의 방향이 정해져서 다른 분야는 취직이 쉽지가 않지요. 꿈의 기업에 입사했을 때는 그곳에서 뼈를 묻을 것 같은 꿈에 부풀어 신용으로 비싼 외제차를 사기도 합니다. 퇴사를 하고는 빚더미에 앉아 '미래를 팔아' 한 소비를 후회하지요.

그렇지만, 인생은 지금입니다. 살아 있음은 지난 시간도 아니고, 앞으로의 시간도 아닌, 지금이에요. 필멸의 존재인 인간은 자신의 미래를 결코 알 수 없습니다. 살아 있는 지금 내 가슴이 이끄는 일을 하지 않으면, 영원히 후회하게 됩니다.

앞으로 멋진 삶을 살고 싶었던 고려대생 윤창호는 카투사 휴가를 나왔다가 음주운전자에게 치여 죽고 말았습니다. 마냥 사랑스러운 손자가 돌아오길 기다리며 새벽일을 하고 돌아오신 할머니는 그날 아침 막걸리를 들이켜시다 돌아가시고 말았지요. 당신께서 앞으로의 시간을 위해 만들어 두신 소중한 진수

성찬은 차마 남은 우리의 목구멍에 넘어갈 수 없었습니다.

　과거의 나는 그렇게 중요하지 않아요. 내가 어찌할 수 없으니까요. 미래의 나는 알 수 없습니다. 인간에게 중요하고 의미 있는 시간은 지금, 지금뿐입니다. 현시에 집중하면 행복을 시현할 수 있어요. 지금 살아 있어 세상을 볼 수 있고, 할 수 있는 일을 할 수 있기에 행복합니다.

죽어도 살자

The key to a fulfilled life is not how hard you work at it; it's the direction that you take
인생은 노력이 아니라 방향이다

우리가 영어를 못하는 이유가 무언지 아시나요? 우리나라 사람들은 영어공부에 굉장한 자원을 들입니다. 어릴 때부터 공부해서 어른이 되어서도 스터디를 해요. 영어는 '공부'하는 것이라는 인식이 너무나 일반화되어서, '영어공부'라고 붙여서 말합니다. 모두가 이렇게 말해서 하나의 단어가 되었어요. 그래서일까요? 우리나라 사람들은 영어를 못합니다.

중학생 제자가 다른 학원에서 공부하는 영어 복사물을 보니 한 장에 20개 정도의 영어문장이 있습니다. 매일 이를 외워서 시험을 치게 한답니다. 그런데 영어문장을 읽어 보니, 현실세계에서 사용하지 않는 고어들입니다. 제가 수능영어를 공부하며 다시 인강 일타강사에게 배웠던 문장들처럼, 현지에서 영어로 소통할 줄 모르는 사람이 고른 고리타분한 문장들이었어요. 공감도 없고 감동도 없고 쓸모도 없습니다. 중요하다고 별표하라고 배웠던 문장들은 실제로 호주에 갔을 때 하나도 쓸모가 없었습니다. 쓰는 말이 아니었거든요. 영어로 말할줄 모르는 사람이 영어선생님이라니. 결국 정말 열심히 공부했지만, 헛된 노력이었습니다. 사람들이 그 시대에 쓰는 말이곧 말이 됩니다. 지금 시대에 쓰지 않는 말은 사라져요. 그게언어입니다. 그런데 우리 아이들은 그런 쓰지 않는 말을 외우고 있습니다. 그래서 우리나라 사람들은 영어를 못합니다.

영어를 왜 배우나요? 영어신문기사를 읽기 위해 배우나요?학교를 졸업하고 얼마나 많은 사람들이 영어신문기사를 읽나요? 아마 없을 겁니다. 언어의 본질은 소통입니다. 무역회사에서 일하더라도, 이메일과 전화를 통해 영어로 소통합니다.그런데 우리나라 사람들은 영어를 부자연스럽게 하고, 어렵게 말합니다. 21세기에 살면서 일제시대 한글을 하는 것 같아요. 지금의 문법번역식 영어교육법은 일제시대에 영어를 못하는 일본인 교사들이 본인들이 수업을 진행하기 위해 만들어낸 잘못된 교수법입니다. 10년을 문법분석식으로 공부해도우리는 영어를 못하니까요. 조선시대 한국인들은 영어를 잘했다는 기록이 있습니다. 회화 위주로 배웠기 때문이에요. 발음도 한글 그대로 표기해 배워서, 표음문자인 한글이 발음부호로 제격이었습니다.

죽어도 살자

언어는 해 보면서 배우는 겁니다. 내가 말해 봐야 말할 수 있지요. 한글을 배울 때 우린 어떻게 배웠나요? 문법을 공부하고 단어를 머리로 외우며 배웠나요? 우리가 어렸을 때 잠자리 머리맡에서 할머니가 읽어 주시는 동화책을 들으며 우린 잠들었어요. 그렇게 **들으면서,** 그리고 들은 말을 **따라 말하면서** 우리는 한글을 습득했습니다. 영어도 그렇게 습득합니다. 어떤 언어든지요. 중요한 건, 언어는 공부가 아니라 습득하는 것이라는 진리입니다.

영어를 습득하기 위해 저는 영어로 말하는 많은 친구들을 사귀었습니다. 그 사람들에게 제 느낌과 생각을 영어로 표현하기도 했고, 그들이 하는 말을 듣고 바로 배워 따라 말하면서 영어를 습득했어요. 제게는 항상 닮고 싶은 누군가가 있었습니다. 그 사람이 쓰는 영어표현과 발음을 흉내 내며 흡수했어요. 그러면서 제가 좋아하는 영국 티브이 시리즈를 정말 많이 봤습니다. 좋아하니까 관심 있게 보고 따라 말하게 되었지요. 그리고 영어책과 인터넷 속 영어기사들을 읽었습니다. 책만 지금까지 5천 권은 족히 넘을 거예요.

영어를 할 줄 알게 되며 깨달은 점은, 인생은 노력이나 속도가 아니라 방향이라는 점입니다. 잘못된 방향으로 잠을 줄여가며 미친 듯이 달려 봐야, 잘못된 목적지에 도착합니다. 영어가 공부하는 게 아니라 습득하는 것이라는 걸 알았다면, 문법을 공부하고 단어를 외울 필요가 없다는 걸 알았다면, 1~2년 만에 영어를 할 줄 알았을 거예요. 영어에 쓴 그 긴 시간과 돈을 내 인생을 더 풍요롭고 만족스럽게 하는 데 썼다면 내 삶의 질은 얼마나 높아졌을까요?

막상 호주 대학교에 가니 느낀 건데, 쓸데없는 '공부'만 하는데 내 10대의 시간을 다 써 버려서 호주의 또래 친구들이 이미 다 읽고 생각하고 이해하고 들어온 책들을 그제서야 읽어야 했어요. 한국에서 나름 열심히 산 것 같은데, 그들에 비해 나는 생각할 줄도 몰랐죠. 공부는 생각할 줄 모르는 바보를 양산합니다. 생각할 줄을 모르면 가야 해서 간 길을 갔다가 그 길이 막히면 절망에 빠지고 맙니다. 생각할 줄 알면, 안 될 것 같은 일도 되게 합니다. 리더와 팔로워의 차이는 이 스스로 생각할 줄 아는 능력에서 드러납니다. 그래서 우리 제품은 베끼기에 바쁘고, 서양 제품에는 독창적인original 철학이 있나 봅니다.

공부를 잘하는 것과 머리가 좋은 것은 각각 다릅니다. 저도 서울대학교에 가거나 수능을 만점 받는 친구들을 가까이서 봤지만, 그 친구들에게서 어딘가 말할 수 없는 맹함을 느낍니다. 그런데 멜버른대학교 친구들은 머리가 좋은 게 살로 느껴

죽어도 살자

집니다. 두 대학교는 각각의 나라 최고의 대학교입니다. 오히려 멜버른대학교가 한 수 위예요. 저는 한국에 있을 땐 서울대학교에 갈 수 없었지만, 호주에선 멜버른대학교에 가고도 남았어요. 당신도 호주나 뉴질랜드로 가신다면 저처럼 수석을 하실 겁니다. 그러니 당신이 성적에 자신을 정의하지 않으셨으면 좋겠습니다. 그것은 심사위원의 주관적인 판단일 뿐이니까요. 우리나라 교육체계는 정답이 아닙니다.

What MBTI tells you
MBTI가 알려 주는 것들

짧은 글귀는 많은 의미를 담습니다. 그래서 몇 가지 아포리즘은 살아가는 데 큰 힘이 되는 것 같아요. 고대 그리스 금언 "너 자신을 알라know thyself"는 당시에 "네 주제를 알라 know thy measue"는 의미로도 쓰였어요. INFJ인 괴테는 이를 두고 이렇게 생각했죠. 'Know thyself? If I knew myself I would run away. 나 자신을 알라고? 내가 나 자신을 알았다면 난 아마 도망쳤을 거다.' ENFJ인 저는 이 말을 좀 더 깊게 받아들였습니다. 나 자신을 안다는 건 내가 태어난 목적을 깨닫는 일이라고 생각합니다. 삶의 이유지요.

우울감과 번아웃은 이와 다른 방향의 일을 하는 데서 옵니다. 그래서인지 영문화에는 이런 말을 많이 합니다. My job is rewarding. 보람차다는 건 단순히 돈을 벌기 위한 일이 아닌,

죽어도 살자

태어난 이유를 느낄 만큼 벅찬 행복을 느끼는 일을 함으로써 느끼는 감정 상태입니다. 지금의 20대와 30대는 이를 다른 세대보다 좀 더 섬세하게 느끼는 것 같아요. 힘들게 들어간 직장을 그만두는 MZ세대가 세계적으로 많습니다.

개미 군락은 효율적인 역할분담으로 돌아갑니다. 한 마리 혹은 여러 마리의 여왕개미는 알을 낳는 역할을 담당하고, 그 밖의 암컷과 수컷 개미들은 일이나 전투를 담당합니다. 신기한 점은 항상 역할이 일정 비율로 나누어진다는 사실이에요. 개미 군락의 인구가 절반으로 줄어들면, 그 안에서 이전과 같은 비율로 역할을 분담합니다. 일개미였던 개미가 환경적 필요에 의해 전투 개미가 되고, 알을 낳지 않았던 암컷 개미가 여왕개미가 되기도 합니다. 왜 그럴까요?

지금의 어르신들이 태어난 해인 1950년대에 지구상의 사람 수는 25억 명이었습니다. 2021년에는 78억 명이에요. 2000년 전에는 1억 7천만 명에 불과했습니다. 인구가 수십 배로 불어나는 중에도, 인간세계의 역할비율은 항상 일정합니다. 먼저 남성과 여성은 각각 절반을 유지합니다. 그리고 항상 일정하게 MBTI 16가지 성격유형이 나누어집니다. 마치, 〈반지의 제왕〉 속 캐릭터들이 각각 다른 성격유형을 갖는 것처럼요. 주인공 모두가 같은 성격이면 이야기도 재미없겠지만, 절대반지를 찾아 파괴하는 임무를 협력해서 해낼 수 없겠지요. 각자의 역할이 있기에, 공동의 목표를 이루어 낼 수 있습니다.

MBTI가 항상 일정한 결과가 나오지 않는다는 비평을 받지만, 그 이유는 우리의 역할이 환경에 따라 변할 수 있기 때문입니다. 저는 한국에 있으며 어느 조직에 소속되어 있을 때는 ENFJ가 나오지만, 한국에 있으며 혼자 책 작업을 하면 INFJ가 나오고, 호주에 있으면 ISFP가 나옵니다. 하지만 성격이 형성되는 가장 중요한 시기인 유년기를 한국에서 보냈기에, 저는 ENFJ의 역할을 할 때 가장 큰 보람을 느낍니다. 그러면서도 제 안에는 제가 많지요.

당신의 MBTI 결과를 통해 알 수 있는 가장 가치 있는 정보는 그래서 바로 이것이에요. 내가 무엇을 할 때 가장 행복한가. 16가지의 성격마다 가장 적합한 역할이 있습니다. ENFJ를 예로 들면 정치가 또는 선생님이지요. 제가 정치를 할 일은 없을 것 같아요. 저는 선생님 역할을 할 때 이 세상에 태어난 이유를 느낄 만큼, 살아 있는 목적을 느낄 만큼 뿌듯함을 느낍니다. 동시에 저는 ISFP 예술가로서의 잠재성격도 있기에 사회적 일반을 깨는 디자인을 하고 싶은 욕구가 있습니다. 그래서 《영어책 : THE BOOK OF ENGLISH》이라는 기존의 영어책과는 전혀 다른 책을 만들게 된 것이지요. 제가 느끼기에 저는 80% ENFJ/INFJ, 20% ISFP인 것 같아요.

　'나'라는 존재가 16개의 성격유형 중 단 하나인 것도 아니고, 여러 성격이 될 수 있는 잠재능력까지 품고 있으니, '나'는 이 세상에 단 하나뿐인 특별한 존재이지요. 삶을 살아가며 조금 긴 기간 동안 우울감을 느끼신다면, 자신의 성격유형이 무엇을 할 때 가장 행복한지 참고해 보시는 게 좋을 것 같습니다. 나는 내가 타고난 역할을 할 때 가장 큰 보람을 느낍니다. 고로 행복하지요.

Be honest to yourself
나 자신에게 솔직하자

서양의 문화에서는 회사에서 일을 하면 됩니다. 일만 잘하면 됩니다. 동료colleague는 말 그대로 동료입니다. 일을 함께하는 사람이지요. 우리 문화에서는 그런데 일도 하면서 윗사람과 동기와 아랫사람으로 삼등분을 해서 눈치를 보고 정치를 해야 합니다. 조직에 들어가면 친절하게 나를 맞아 주고 정착을 도와주는 사람이 있는가 하면, 꼭 기싸움을 하며 서열을 정하려는 인간이 있습니다. 스트레스지요.

우리나라에만 있는 눈치는 나를 위한 행동도, 남을 위한 행동도 아닙니다. 남을 배려한다고 눈치를 보고 눈치를 주지만, 사실 이는 나의 이기심입니다. 내가 맞다고 생각하는 일을 남에게 강요하는 행동이지요. 나는 나만의 삶의 목적이 있습니다. 그건 다른 사람도 마찬가지예요. 내가 아닌 남을 통제하

죽어도 살자

려고 하는 데에서 고통이 옵니다. 남의 삶의 목적은 나라는 인간이 제어할 수 있는 것이 아니니까요.

눈치 보는 행동이 습관이 되면 내가 누구인지, 내 삶의 목적이 무엇인지 집중할 수 있는 마음이 분산됩니다. 나 자신을 아는 일도 대단한 집중을 요하는 어려운 일인데, 남을 신경 쓰며 이 중대한 일을 할 정신의 여력은 줄어들지요. 점점 타인을 위한 삶을 살게 되고, 타인의 기대에 맞춰 내 삶을 살며 나는 진정한 행복에서 멀어지게 됩니다. 눈치를 보고 눈치를 주며, '나'를 잃게 됩니다. 심지어는 눈치의 기준이 '나'라고 착각까지 하게 됩니다. 눈치는 편견이기 때문입니다.

생각해 보면 눈치는 우리의 예절에서 온 것 같습니다. 학교 다닐 때 우리가 동방예의지국이라고 주입식 교육을 받았던 것 같아요. 그런데 영문화에 살아 보니, 실제로 느껴지는 존중은 우리나라보다 서양이 더 진중하게 느껴집니다. 존댓말을 하지 않아도, 존대하는 게 느껴집니다. 눈치를 보는 건 아니지만, 서양인의 '나'라는 주체가 확고하기 때문에 그로 인해 다른 주체를 존중하게 되는 것 같아요. 나를 존중하기 때문에, 내가 존중받고 싶은 만큼 남을 존중하게 됩니다. 이게 진정한 예의이지요.

한국인으로서의 태도가 습관이 된 채로 서양에 가 보면 "You are so polite"라는 말을 종종 듣습니다. 예의를 뜻하는 polite은 마음으로 느껴지는 존중이라기보다는 겉으로 드러나는 형식적인 예의입니다. 겉으로는 나의 자아를 절제하고, (내 생각에) 남이 봤으면 하는 모습을 보여 주는 행동이지요. 그렇게 '나'를 내 안에 숨깁니다. 습관적으로요. 이러다 보면 무의식중에 많은 결정을 내가 진정 원하는 것과는 다른 것으로 하게 됩니다. 나를 잃게 되지요.

'나'를 잃은 사람은 나라는 자아가 존중받지 않기 때문에 우울감에 빠지게 됩니다. 마음이 아프면 몸도 따라 아프지요. 우리나라가 자살률이 가장 높고, 우리 세대의 청년 고독사가 굉장히 많으며, 마음의 병에서 비롯한 육신의 병이 많은 세태도 이 눈치에서 비롯되었다고 볼 수 있겠어요. 우리는 남이 어떻게 하는지에 대해 신경을 끄고, 지나친 겉치레 예의를 의식적으로 덜 해야겠습니다. '나'라는 자아가 원하는 것이 무엇인지 귀 기울여 들어 알 때, 나에게 솔직해질 때, 나는 내 삶의 시간을 건강하고 행복하게 살 수 있으니까요.

언어를 잘하는 일은 그 문화를 이해하는 일입니다. 영어를 진정 잘한다는 건 그 문화의 생각과 태도를 갖는 일이지요. 저는 한국에 자라며 예의 바른 소년이라는 말을 많이 들었어요.

죽어도 살자

그렇지만 영어권에 살며 저는 이 연습을 가장 의식적으로 많이 한 것 같습니다. 나 자신에게 솔직하기. 나 자신에게 솔직했더니, 진정한 제 영혼의 본질essence을 발견할 수 있었어요. 나의 본질을 이해하니 나를 위한, 내 삶을 위한, 내 아름다운 죽음을 위한 선택이 쉬워졌습니다.

남을 위한 삶을 살기엔, 내 인생이 두 번 있을 것 같지는 않습니다. 남을 위한 삶을 살기엔, 지금 살아 있는 내가 세상 무엇보다도 소중합니다. 역설적이게도, 철저히 나에게 솔직해지고 나를 위한 삶을 살 때, 나처럼 그런 삶을 살고 있는 타인을 존중하게 됩니다. 나 자신에게 솔직하는 일은 남에게 피해를 주도록 이기적인 행동을 하는 게 아닙니다. 불필요한 오지랖을 줄이고 내 삶을 잘 사는 데 집중하는 일이지요. 가슴까지 와닿는 존중이 그렇게 문화로 발현됩니다. 나로 시작한 행동이 남에게 영향을 주고, 1인칭이 2인칭이 되고 3인칭이 되며 우리가 함께 사는 사회가 됩니다. 살기 좋은 나라는, 살기 좋은 세계는 이렇게 만들어집니다. 남을 탓하지 말고, 남의 눈치를 보거나 주지 말고, 나에게 솔직하면 됩니다. 내가 행복하면 세상이 행복하니까요.

The reason why stars are beautiful
별이 아름다운 이유

가족과 친구와 지인 모두를 떠나 혼자서 지구 반대편으로 날아간 저는 밤마다 외로울 때면 스쿠터를 타고 알버트 파크라는 호숫가에 갔습니다. 밤의 알버트 파크엔 3가지가 있었어요. 어두운 밤의 검은 호수와, 그 호수에서 유유자적하는 흑조, 그리고 도시의 빛에 비쳐 보랏빛으로 빛나는 하늘의 은하수가 있습니다. 하늘이 맑은 호주에서는 어둠에 눈을 익숙하게 하면 우리 은하계를 볼 수 있어요. 호수와 흑조와 별들은 제 가족이자 친구였습니다.

그래서 그런 생각을 해 보았습니다. 별은 왜 아름다운 것일까. 아무도 없는 호숫가 잔디에 앉아 바람을 맞으며 별을 올려다보면, 소용돌이치는 별을 그린 고흐의 마음을 알 것 같았습니다. 그와 저는 똑같은 나이에 유화를 시작하기도 했어요. 이쯤 되니 저도 미쳐 버릴 것 같습니다. 아, 아니, 다시 별이 왜 아름다운지에 대한 이야기로 돌아갈게요. 정면으로 응시하면 시력을 잃을 수 있는 태양은 사실 별입니다. 우리에게 가장 가까이 있는 별이지요. 우리 행성이 태양에 조금만 가까워지면 무더운 여름이 되고, 조금만 멀어지면 추운 겨울이 됩니다. 태양이 없었다면 우리와 같은 생명도 없겠지만, 누구도 태양을 '아름답다'고 하진 않아요. 너무 가깝고, 너무 강렬하기 때문입니다.

그런데 다른 별들은 멀리 있지만, 또 너무 멀어서 보이지 않는 정도로 멀리 있지는 않아요. 이 딱 적당한 거리가 우리로 하여금 별을 '아름답다'고 여기게 합니다. 이는 우리 우주의 많은 것들에서도 그런 것 같아요. 특히 사람과 사람 사이가 그렇습니다.

적당한 거리를 유지하는 관계는 항상 아름답습니다. 우상이 그렇고, 연예인이 그러며, 사랑하는 사람도 그래요. 영어에는 'Don't meet your hero'라는 말이 있습니다. 우상을 너무 가까이서 보면 분명히 실망할 것이기 때문이지요. 아무리 좋아했던 연예인도 실제로 만나 같이 밥을 먹거나, 그 사람에 대해 너무 많은 걸 알게 되면 반감이 생길 수 있습니다. 모든 사람이 나 같지 않기 때문이지요. 사람은 완벽하지 않아요.

제게도 그런 경험이 있었습니다. 저자인 저에게 무척 호의적이었다가 실제로 세 번 만나 밥을 먹고는 제가 딱히 잘못한 것도 없는데 굉장히 공격적으로 변하여 뒤에서 제 팬들을 돌아서게 만들기까지 했죠(이분은 호전적인 사람이라 다른 사람들의 의도를 삐딱하게 인식하고 자주 싸움을 만드는 사람입니다). 그 사람의 말만을 듣고 저와 친하다고 생각했던 사람들이 저를 차단했어요. 사랑과 증오가 종이 한 장 차이인 것처럼, 그분도 혼자 사랑에 빠졌다 혼자 증오를 느꼈지요. 제게 큰 상실감을 주는 경험이었지만, 이성적으로 생각해 보니 그건 그냥 그 특수한 사람의 노처녀 히스테리였습니다. 그렇지만 이 일 이후로 제 팬을 실제로 단둘이 만나는 건 두렵습니다. 여기서 별이 아름다운 또 다른 이유를 깨닫지요. 어둠. 밤이 어두울수록 별이 밝게 빛납니다. 내 눈이 어둠에 익숙해질수록 별이 많이 보입니다. 힘듦의 경험은 당신의 내면에 어둠을 내리깔고 당신이라는 별을 더 빛나게 합니다. 힘듦의 경험은 그런 경험을 하는 다른 사람들에 대한 공감 능력을 깨워 더 많은 사람들의 마음을 볼 수 있는 눈을 줍니다. 힘듦은 고로 빛과 어둠처럼 삶의 균형입니다.

별과 지구 사이의 거리처럼 사람들과의 적절한 거리를 유지하면, 그 관계는 언제나 아름다울 수 있습니다. 아무리 가족이더라도요. 자식을 낳더라도 그 자식은 개별 인격입니다.

죽어도 살자

배 속 태아일 때 그 생명에게 고유한 영혼이 들어가는 것 같아요. 고유한 영혼, 이는 고유한 주민등록번호처럼 나에게만 유일한 존재입니다. 다른 사람은 나와는 다른 개체이지요. 내가 낳은 자식도 타인인데, 일이나 학교를 통해 만난 사람은 어떨까요? 결혼을 하기로 마음을 먹은 사랑하는 사람도 그 본질은 individual입니다. 이 영단어는 'not'의 의미인 'in'과 '나누다'의 의미인 'divid' 그리고 명사를 만드는 접미사 'ual'로 이루어진 말입니다. 쪼개고 쪼개어서 더 이상 쪼갤 수 없는 상태 혹은 그런 존재를 의미하지요. 우리는 원자라고 할 수 있겠네요. 따라서 다른 사람에게 내 바람을 투영하는 것은 헛된 일입니다. 다른 사람은 결국 그 사람만의 목적을 향해 갈 것입니다. 나는 나만의 존재 목적purpose of life이 있습니다. 아무리 남을 따라가려 해도, 우리는 고유의 목적지를 향해 갑니다.

어렸을 때부터 저를 좋아하는 후배가 있습니다. 그녀는 제가 하는 모든 일을 따라 했어요. 제가 일한 첫 직장도 따라 들어가고, 두 번째 일도 따라 하고, 제가 소속된 동호회에도 들어오고, 심지어 호주에도 따라왔죠. 그렇지만 약간씩 다르게 자신만의 선택을 했습니다. 호주에 갔을 땐 학생비자가 아니라 워킹홀리데이비자로 가는 식이지요. 그런데 작은 차이는 큰 차이를 만듭니다. 그녀는 30대가 되어서도 저를 좋아하지만, 우리는 결국 전혀 다른 목적지를 향해 걸어왔고, 같은 학교를 나왔어도 아주 이질적인 두 사람이 되었음을 느낍니다. 아마 우리가 이 오랜 시간 중 한 번이라도 선을 넘었다면, 우리는 서로의 적당한 중력의 균형을 넘어선 두 행성처럼 충돌하고 말았을 것입니다.

태양계를 이루는 두 행성처럼, 저와 남다른 공명을 하며 한결같은 사랑을 주시는 어느 독자님은 총명한 두 딸을 두셨습니다. 그분은 당신의 딸들을 '손님'으로 여기신대요. 손님처럼 극진히 아끼고 대접하지만, 기꺼이 각자만의 길로 떠나보낼 마음의 준비도 늘 하신답니다. 저희 어머니도 닮은 생각을 하셔요. 아주 어린 소년일 때부터 저에게 높임말을 하시며 저를 개별 인격으로 길러 주시기도 하셨고, 인생을 '소풍'이라고 말씀하십니다. 우리는 우리 모두에게 손님인 것 같아요. 사람마다 적당한 거리가 있을 뿐이지요. 별이 아름다운 이유도 그런 것 아닐까요? 잠깐 놀러 왔다 가는 소풍이 인생이기 때문입니다.

별은 이 우주에서 우리가 어디에 있는지 알려 줍니다. 우리 세계에서 일어나는 일들은, 이 우주의 관점에서 내려다보면 아주 작은 일들에 불과해요. 아무리 큰일도 우주에선 너무나 사소합니다. 우리의 존재도 저 별들이 보기엔 사소할지도 모르겠어요. 그렇지만 이 존재라는 삶 속에서 의미를 만들어 갈 때, 우리의 삶은 존재의 의미를 갖는 것 같습니다. 공허한 우

죽어도 살자

주에서 의미를 지닌 것은 아름다워요.

Life is a theme park
(You pay the fees to have fun in it)
인생은 놀이공원
(우리는 들어가서 즐기려고 입장료를 낸다)

우리나라에서 정식으로 활동하는 예술인은 자신의 전시나 공연을 개최하기 위한 정부 지원금을 받을 수 있습니다. 기획안을 정부부서에 신청하고, 수많은 지원서 중에서 선정되면 투명하게 그 지원금으로 예술활동을 할 수 있어요. 2020년 팬데믹이 발발하여 모두의 안전을 위해 예정되었던 3개의 전시를 저는 모두 취소했습니다. 다른 많은 분들도 그랬겠지만, 전업 작가였던 제게 2020년은 참 어려운 해로 기억될 것입니다. 친구 작가의 추천으로 처음으로 전시 지원금을 신청해 보았어요. 아니나 다를까 이 해는 역사상 가장 많은 지원신청이 몰렸다고 합니다. 감사하게도 문화재단에서 제 개인전 기획안을 선정해 주셨어요. 미술 작가로서 공식적인 가치를 인정받은 것 같았습니다.

죽어도 살자

그런데 전시를 진행하며 그렇게 기분이 좋지는 않았어요. 꼭 필요한 곳에 쓰여야 할 세금이 이렇게 어려울 때 미술 전시회를 위해 쓰이는 게 마음이 불편했습니다. 어차피 책정이 된 예산이고 제가 아니라면 다른 예술가가 그 지원금을 받아 전시회를 열겠지요. 제가 받은 지원금은 그리 크지도 않았지만 대부분이 전시장 대관료와 비싼 미술 재료 구입비로 쓰였습니다. 제가 지출한 비용이 더 많았고, 저의 노동비까진 받지 못했지요. 지원을 받아도 비참했습니다. 가장 큰 액수인 대관료는 그 부동산의 소유주에게 돌아갔습니다. 그분은 원래 큰 사업체들도 있으시고 부동산도 많으신 부자입니다. 더 마음이 불편했어요.

예술도 사업입니다. 사업을 하며 세금을 환급받는다거나, 지원금을 받는 건 그리 자랑할 일이 아닌 것 같아요. 사업이 잘되어 세금을 많이 낸다는 건, 사람들이 필요로 하는 재화나 서비스를 성공적으로 제공하고 있다는 증거지요. 좋은 제품이 많이 팔리는 게 아니라, 많이 팔리는 제품이 좋은 제품입니다. 수출을 많이 하고 일자리를 만들어 내 그 일을 하는 사람들이 생활을 하고 가정을 꾸릴 수 있게 제공하는 기업인이 사회적으로 이타적인 사람이라고 생각합니다. 기업인 개개인의 도덕성은 다른 문제고요. 저는 사회활동을 하며 세금을 많이 내고 싶습니다. 현금은 사업체에게 피와 같아서, 사업이 건

강하게 운영되려면 물론 정당한 세금만 내야겠지요. 그렇지만 지원금을 받는 일은 계속하고 싶지는 않습니다. 전 이미 친절하신 문화재단 주무관님과, 잘 닦인 도로와, 멋지게 만들어진 집 앞 산책길과, 해외에서 한국인으로서 좋은 대우를 받는 것, 전쟁 걱정 없이 평안하게 내 삶이나 걱정하면 되는 평화 등으로 정부의 혜택을 충분히 받고 있는 걸요.

살아 있는 것 자체로 우리는 매일 세금을 냅니다. 정부가 있든 없든요. 우리는 살아 있기 위해 산소와 물과 음식을 취하고, 공간과 에너지를 사용합니다. 월세에 사는 것과 같아요. 저는 호주에 살 때 학생비자를 받기 위한 대학교 등록금과 살벌하게 비싼 월세를 내며 내가 이곳에 있는 하루하루에 값어치가 매겨져 있다고 여겼습니다. 그래서 하루를 삼 일처럼 살았어요. 먹고살기 위해 시작한 영어수업을 하며 만난 제자들을 사랑하게 되었고, 우린 가족처럼 끈끈해졌습니다. 영어가 부족해서 좋은 일자리를 구하지 못하는 이들의 삶을 진정 바꿔 주고 싶어서 전심을 다해 제가 할 수 있는 일을 했습니다. 당장 한두 달 안에 영어를 습득해야만 하는 이들을 위해 가장 효율적이고 효과적인 영어교수법을 개발했고, 당장 더 나은 근무환경과 급여를 받게 하기 위해 이력서를 손봐서 호주기업에 직접 전화를 걸어 채택을 부탁했어요. (제자 중 한 명은 호텔의 객실을 청소하는 일을 했는데, 사람이 하룻밤 사는 데 만들어 내는 쓰레기의 양에 개탄했습니다. 내가 만든 쓰레기는 지구 어딘가에 쌓이거나, 소각되어 내가 마시는 공기로 되돌아오고 기후위기를 일으킵니다. 기후위기는 인간 존속의 위기입니다. 지구는 멀쩡할 거예요. 인간이 죽을 뿐입니다.) 그러다 제 역할의 한계를 깨닫습니다. 궁극적으로 한국인에게 도움이 될 수 있는 일은 내가 기업을 만들어 고용주가 되는 일임을 깨달았어요. 그래서 제조업을 시작합니다. 내가 만드는 제품에 내 영혼을 (갈아) 넣었더니 안목 있는 분들에게 큰 사랑을 받게 되었어요. 내가 이곳에 하루 사는 데 드는 비용이 이렇게나 크다는 부담을 느끼지 않았다면, 이렇게까지 열정적으로 하루하루를 살았을까 의문입니다.

우리는 거저 얻은 것의 가치를 높게 인식하지 못합니다 – 맑은 공기와 깨끗한 물. 비용을 지불했을 때에야 그것을 귀하게 인식합니다. 뼈아픈 경험으로 배운 지혜는 결코 잊지 않습니다. 살아 있음은 공짜가 아니에요. 내가 살아 있기 위해 다른 생명체는 죽어야 합니다. 내가 하루 살아 있기 위해 많은 쓰레기를 만들어 후대가 살 지구에 남깁니다. 크나큰 비용이지요. 내가 지금 살아 있음은 경이로운 일입니다. 잠시도 살아 있음을 즐기지 않을 수가 없어요. 깨끗하게 살면 내 후대도 살 수 있습니다.

세금을 내는 건 불쾌한 일이지만, 세금 덕분에 누릴 수 있는 인프라를 생각하면 살아 있음에 대한 당연한 지출입니다(물론 세금을 자기 돈처럼 쓰는 공무원들과 시민들을 보면 내기 싫어집니다). 우리는 왜 입장료를 지불하고 놀이공원에 들어가나요? 삶은 놀이공원입니다. 설레고 신나는 곳이죠. 저는 이왕 들어왔으니 동물 머리띠부터 하고 청룡열차도 타고 범퍼카도 탈래요. 이 안에서 즐길 수 있는 건 하나도 빠짐없이 폐장 시간 전까지 다 해야겠습니다. 이 놀이공원은 한 번밖에 올 수 없거든요.

죽어도 살자

Empathy makes life liveable
공감하는 삶

가족과 친구가 그리워 한국에 돌아왔지만, 한국에 살며 저는 웃음을 잃었습니다. 가장 먼저 적응이 어려웠던 점은 백화점을 드나들 때예요. 크고 무거운 문을 앞서가는 사람은 바로 뒤에 제가 와도 그냥 닫고 갑니다. 그 무거운 유리문에 부딪히거나 몸이 끼일 뻔한 경험은 저뿐만이 아니었어요. 한국에 와 본 영문화 사람들도 같은 이야기를 합니다. 그래도 호주에서 그랬던 것처럼 저는 뒤에 오는 사람들을 위해 문을 잡아 줍니다. 그러면 뒤따라 들어오는 사람들은 제가 백화점 직원이라도 되는 마냥 당연하게, 고맙다는 인사도 없이 들어갑니다. 사람들은 계속 줄지어 들어오고, 누구 하나도 인사를 하지 않아요. 저는 한참을 문을 잡고 서 있습니다.

호주에선 내가 문을 열고 들어가면 뒤에 오는 사람이 있나

돌아보고는 누가 따라오면 조금 멀리서 오고 있더라도 문을 잡고 기다려 줍니다. 들어오는 사람은 문을 잡고 배려해 준 사람에게 "Thank you" 혹은 호주에서는 줄여서 "Ta(thanks a lot의 줄임말)"라고 말합니다. 몇 초밖에 되지 않는 쉬운 친절이지만 나로 인해 두 사람의 기분이 밝아집니다.

　빨간색 미니쿠퍼를 탔던 저는 그레이트 오션 로드의 어느 작은 동네 라운드어바웃을 지나며 길을 건너려는 숙녀분께 당연히 길을 양보했습니다. 호주에서는 보행자가 항상 우선이고, 차는 그다음입니다. 그 숙녀는 호주의 여느 차들처럼 선팅이 되지 않은 차창 안의 저를 보며 입꼬리를 길게 늘어뜨리고 미소를 지어 주었습니다. 저도 따라서 입꼬리를 길게 늘어뜨리고 미소를 지어 화답했어요. 이는 길을 걸어 다닐 때도 그렇습니다. 지나는 사람에게 눈을 마주치고 미소를 지어 주는게 일상인 호주에서 저도 그 기분 좋은 문화에 습관이 되었나봅니다. 의식하지 않아도 제 얼굴은 다른 사람이 보기에 웃상이 되었나 봐요. 군대에서 두 달 일찍 입대한 여덟 살 아래의 선임은 그런 제가 아니꼬웠나 봅니다. 군에서 괴롭힘을 금지했지만 그 선임은 교묘하게 지휘관의 눈을 피해 저를 괴롭혔습니다. 그 선임은 공감 능력이라고는 하나도 없는 사람인 것 같아요. 그 선임과 동기였던 사람이 난처한 표정을 지어 보이며 한 번씩 말려 주었던 게 생각납니다. 때문에 저는 처음으로

　　　　　　　　　　　　　　　죽어도 살자

우울증 약을 처방받아 먹었습니다. 군대에서의 힘든 경험 이후로 저는 웃음을 잃었어요. 이제는 사회에 나와 길에서 누가 마주 오더라도 쳐다보지도 않습니다. 웃지도 않지요.

바람을 느끼며 달리는 모터사이클과 그나마 가장 가까운 운전 경험을 주는 미니를 타며 저는 운전하기를 좋아했었습니다. 우리나라에서 운전을 하면 할수록 상대를 배려하지 않는 운전자들로 인해 화가 생겼어요. 그렇다고 걸어 다니면 횡단보도 앞이더라도 언제나 차가 먼저지요. 신호등이 없는 횡단보도에는 차들이 모두 지나갈 때까지 몇 분이고 서 있어야 합니다. 호주에서는 횡단보도 앞에 사람이 있으면 차는 일단 정지합니다. 걷는 사람은 자연스럽게 차를 바라보며 한번 웃어주고 가던 길을 가면 되지요.

한국에 5년쯤 살아 보니 이제 이 문화에 적응을 한 것 같습니다. 오랜만에 호주 친구와 영상통화를 하며 제가 얼마나 한국에 적응해 버렸는지 느끼게 되었어요. 저는 갑자기 비만이 된 친구에게 "너 살 좀 빼야겠다"라고 말했더니, 친구가 정색을 하며 "How rude!"라고 하더군요. 우리는 다른 사람의 외모에 대해 지나치게 솔직합니다. 자신의 편견을 그 사람의 면전에 말을 할 정도니까요. 이게 그 사람의 감정을 배려하지 않는 무례라는 걸 잠시 잊었습니다.

언젠가 너무 우울하여 〈놀라운 토요일〉이라는 예능 프로를 보는데, 고기를 유달리 좋아하는 문세윤이 고기보다 채소를 좋아하는 키에게 그를 도대체 이해할 수 없다며 이상한 사람이라고 열변을 토하는 장면이 나왔습니다. 우리나라 예능이다 보니 다들 대수롭지 않게 여겼고, 오히려 키가 민망해하고 넘어갔지요. 그런데 저는 이 장면으로 인해 문세윤이 (좋은 사람이지만) 불편해졌고, 〈놀라운 토요일〉을 안 보게 됐습니다. 기후변화의 원인을 아는 사람들의 관점에서는 육식을 지나치게 즐기는 사람은 잘못된 사람입니다. 축산업이 배출하는 온실가스가 지구온난화에 그 무엇보다도 강력한 영향을 끼치기 때문이지요. 그런데 그런 사람 면전에서 당신은 무식하고 이기적이며 인류 생존의 악이라고 말을 하지는 않습니다. 영어에는 이런 사람을 대할 때 이런 표현을 씁니다. Suffer the fools gladly. 뭘 모르는 사람에게 훈계를 하기보다는 아무 말도 하지 않는 지혜지요(그러다 우리 모두가 죽게 될지언정).

타인의 감정을 이해하고 배려하는 삶은 아름답습니다. 우리는 '동시대'라는 비행기를 함께 탄 승객입니다. 이 비행기는 '죽음'이라는 공항을 향해 날아가고 있어요. 우리 비행기의 승객 하나가 공감 능력을 상실하고 담배를 피워 불을 내면 우리는 편안하게 죽음에 착륙하지 못하고 그전에 추락하고 말 겁니다. 공감은 우리의 비행을 할 만하게 합니다. 공감은 당신과 나의 삶을 살 만하게 해요. 타인의 감정을 이해하고 배려하는 삶은 아름다운 죽음에 도착합니다. 삶의 질을 결정하는 요소는 타인에 대한 존중입니다. 내가 하는 존중은 문화가 되어 나에게 돌아옵니다.

**Pain and suffering are always inevitable
for a large intelligence and a deep heart.
The really great men, I think, must have
great sadness on earth.**
– Fyodor Dostoevsky
가슴이 넓으니까 슬픈 것이다

우울감과 우울증을 경험하며 저와 닮은 사람들을 보게 되었습니다. 남들보다 더 많이 느끼는sensitive 사람들이에요. 그렇기 때문에 더 착한 사람들입니다. 공감 능력이 뛰어나서 타인의 고통을 본인도 느끼기 때문에, 다른 사람들에게 친절한 사람들이에요. 착한 사람들은 세상에 치여 우울증 약을 먹고, 둔한 사람들은 이기적으로 행동하고 착한 사람들에게 나쁜 영향을 끼치면서도 잘 삽니다. 그를 보며 불공평하다고 생각했어요.

나치가 동족을 학살할 때, 그 집단살해 명령을 따르고 행했던 사람들은 왜 그랬을까요? 그런 잔혹한 명령을 따른 사람들을 조사한 한나 아렌트는 그 사람들의 특이점을 발견합니다. 그들은 타인의 고통을 느끼지 않았어요. 그리고 지금의 독일

죽어도 살자

인들도 그러하듯, 법은 반드시 지켜야 하는 것으로 여기고 아무 생각 없이 법을 지킵니다. 아우토반의 추월차선을 모든 국민이 비워 놓기 때문에 일부 구간에 속도제한이 없어도 사고율이 낮습니다(우리나라에선 맨 왼쪽 추월차선에서 정속 주행을 하는 사람들 때문에 고속도로 사고가 많습니다). 다시 말해, 공감 능력의 부재와 생각이 없음이 극악무도한 행동의 원인입니다.

뭘 해도 기후변화에 일조해서, 옷도 사지 않고, 비행기도 타지 않고, 여행도 하지 않으며, 고기도 먹지 않고, 일회용 플라스틱 쓰레기를 만드는 배달음식은 일절 시키지도 않고, 운전도 하지 않았습니다. 그렇게 나 자신을 옥죄는 햇수가 늘어날수록 그에 익숙해지기는 하지만 나는 점점 불행하고 우울해졌습니다. 나처럼 신경 쓰지 않는 사람들은 기후위기와 환경오염에 치명적인 옷과 고기를 파는 일을 하고 돈을 많이 벌어 배기량이 큰 차를 타고 소고기를 자주 사 먹으며 더 기후위기를 유발하죠. 공감 능력의 부재와 생각이 없음이 인류 전체의 생존을 위협합니다.

바람에도 휘지 않고 곧게만 자라나는 딱딱한 대나무처럼 올곧고 착하게만 살다가 마흔을 앞두고 스스로 삶을 끝내신 프로듀서님은 그런 착한 사람이었습니다. 때로는 너무나 착한 저희 어머니와 아버지를 보며, 우리 가족은 좀 뻔뻔해질 필요가 있다는 생각을 하기도 합니다. 그게 잘 안 돼 다이어리에 적어 놓기까지 했지요. 당신이 우울감을 느낄 정도라면, 당신은 다른 사람들보다 더 많이 느낄 수 있고, 더 깊이 생각할 수 있는 사람입니다. 약해서 우울한 게 아닙니다. 더 많이 보고 느끼기 때문에 지치는 거예요.

이번 편을 여는 문장은 도스토옙스키가 한 말입니다. 이 문장을 읽고서 저는 용기를 얻었어요. 내가 나약해서 우울한 게 아님을 깨달았지요. 나 같은 사람이 나라도 살아 있어야 이 세상이 균형을 이루겠구나 합니다. 계속 살 용기. 살아 있는 한 희망이 있으니, 착해도 살아갈 자리는 있습니다. 다만 적당한 정도의 재미는 느끼며 살아야겠어요. 내 마음이 우울하면 세상이 우울하니까요. 마음의 감기에 걸리지 않게 나를 잘 보살펴 줍니다.

People cry, not because they're weak. It is because they've been strong for too long.

— Johnny Depp

우린 운다. 그건 약해서가 아니다. 너무 오랫동안 강인해 왔기 때문이다.

Suffering only hardens the mind
힘듦은 사람을 강하게 할 뿐

첫 책인《영어책 : THE BOOK OF ENGLISH》를 쓰기 시작할 때는 이 책이 어떤 책이 될지 몰랐습니다. 그저 우리가 영어를 이렇게 오랫동안 공부하는데 왜 영어를 못할까 질의하며, 우리나라 사람들이 1~2년 내에 영어를 습득할 수 있는 자료가 되었으면 하는 막연한 바람뿐이었습니다. 조사와 연구를 계속하며 창작을 더하니, 지금까지의 영어에 대한 책들을 아우르는 책이 되었지요. 책 이름《영어책 : THE BOOK OF ENGLISH》는 전 세계에서 아무도 등록하지 않았습니다 (그 사실을 알았을 때 저는 설레어 아무에게도 이를 말하지 못했어요).

저처럼 공부를 안 했고 공부를 좋아하지도 않는 대중이 읽을 책이었지만, 일상적인 말들만 담을 수는 없었어요. 한글에도 일상어가 있고 문학이 있듯, 영어도 아름답고 영감을 주는 문장이 많습니다. 이는 영어 자체로 읽을 때 더 아름답기도 해요. 영어의 빨강부터 보라까지 온전한 스펙트럼을 담아 모두를 비추는 투명한 빛을 만드는 게 목표였습니다. 같은 언어라도 사람마다 다른 향기를 냅니다. 제 말만 쓸 수는 없어, 다양한 말을 넣고자 좋은 문장들을 아주 많이 수집했고, 그중에 가장 좋은 문장들만 선별해 담았어요. 방대한 영문을 읽는 과정에서 나름의 안목도 생겼습니다. 그중에서 제 마음에 가장 깊숙이 와닿는 작가들 중 하나는 도스토옙스키예요. 글만 읽어도 그 사람의 영혼이 보이는 사람이 있습니다. 도스토옙스키는 저에게 그런 사람이지요.

그는 어떤 삶을 살았나 알아보았습니다. 중학교 3학년에 그의 어머니가 결핵으로 돌아가셨어요. 돌아가시기 전에 부모님은 그를 무료인 군사 공대에 보냈고, 그림 그리기나 건축을 좋아하고 과학이나 수학은 좋아하지 않았던 그는 공대를 좋아하지 않았습니다(그는 INFJ입니다. 괴테, 소로와 같은 성격이에요). 군인은 더더욱 그에게 맞지 않았지만, 집이 가난하여 어쩔 수 없이 원하는 학업을 포기하고 군인이 되어야 했어요. 열아홉 살에는 아버지마저 돌아가셨다는 소식을 듣고 이 시기부터 간질을 앓기 시작합니다. 아버지의 죽음 이후 심기일전하여 공대 시험을 통과하고 적성에도 맞지 않는 엔지니어로서

죽어도 살자

생업을 시작합니다. 그러다 번역을 여러 편 했는데 모두 망하고 말았지요. 생계를 위해 스물여섯 살에 첫 소설 《가난한 사람들Poor Folk》을 썼는데, 이 책이 훌륭한 평가는 물론 상업적으로 성공하며 그를 문학계에 들였습니다. 20대 후반에는 그가 소속된 문학단체에서 러시아제국의 황제가 반대한 책들을 다루어 수감됩니다. 그리고는 사형을 선고받아요. 얼굴에 복면이 쓰이고 총살되기 직전, 황제의 특사가 달려와 사형을 취하합니다. 그는 이때 눈앞에 닥쳐온 죽음으로 망연자실했다고 합니다(그런데 이는 황제가 혁명을 일으키려는 이들에게 겁을 주기 위한 거짓집행이었다고 하지요).

이 죽음의 경험들은 도스토옙스키에 큰 영향을 끼칩니다. 이미 중위로 제대를 했지만, 그는 사형 대신 4년을 감옥에서, 6년을 강제 징집되어 군 생활을 해야 했습니다. 존중받는 장교가 아닌 하대받는 병사였죠. 복역 후 그는 다시 작가로서의 일을 시작합니다. 이때부터는 매번 쓰는 책을 자기 인생의 마지막 책이 될지도 모른다는 생각으로 임했다고 해요.

그의 책들은 니체와 사르트르, 프로이트를 비롯한 후대의 작가들에게 영향을 끼쳤습니다. 그의 문장은 한 줄밖에 되지 않아도 엄청난 무게가 느껴집니다. 백 년에 한 번 나올 위대한 지성에 삶의 고난과 죽음의 경험들이 첩첩이 쌓여, 쇳덩어리를 강한 압력으로 두들겨 날카로움을 얻은 하나의 검 같달까요. 1800년대 러시아제국에서 궁핍한 문인으로 사는 삶은 얼마나 힘들었을까요(그럼에도 그는 정의를 중요시하는 아웃사이더였다고 합니다). 제 서재에는 그 시절 러시아제국 유물이 꽤 있습니다. 그것들을 보면 이상하게 가슴속에서 무언가가 끓어올라, 어떤 성취를 할 때마다 하나씩 사 모았어요. 이제는 그것들을 보며 도스토옙스키의 기구한 삶을 느껴 봅니다.

행운이란 것이 과연 있는 것일까요? 인류의 역사에서 위대한 업적을 이룬 사람들은 하나같이 아니라고 말합니다. 운이란 건 없습니다. 행운은 매일 일함으로 만들어집니다. 절실한 필요는 인간의 가능성을 깨워 주지요. 어려운 환경은 비범한 인간이 될 수 있는 잠재력을 현실로 끌어낼 뿐입니다. 브루스 웨인의 부모가 강도에게 죽임을 당하지 않았다면, 배트맨이라는 상징은 탄생하지 않았겠지요.

To live without hope is to cease to live.
희망 없이 사는 삶은 살기를 포기하는 삶이다.

— Fyodor Dostoevsky

The ordinary is extraordinary
일상은 찬란하다

지금 저는 해운대 마린시티의 바다가 보이는 1층 카페에 앉아 있습니다. 9월 23일 저녁 6시 23분이에요. 청순한 구름결을 분홍과 보라가 섞인 노을빛이 열정을 다해 끌어안고 있네요. 아, 태양이 저무는 쪽 하늘은 온통 타오르는 사랑빛이 우직한 산등과 대비되며 절정을 이룹니다. 클림트의 〈키스〉가 이런 느낌일까요? 설레는 옥빛이었던 바다는 원숙한 파랑이 되어 가네요.

이렇게 천국 같은 날은 사실 집이 가장 좋습니다. 해운대는 날씨가 좋으면 모두가 밖으로 나와서, 도로 위 체증으로 지금뿐인 시간을 다 보내게 되거든요. 그럼에도 걸어가기엔 조금 먼 정도의 장소로 나왔어요. 오늘은 수업도 없고, 그냥 나올 수 있어서 나왔습니다. 사랑하는 사람의 달달한 숨 냄새 같은 공기를 놓칠세라 바이크를 타고 나왔어요.

잘한 것 같습니다. 마린시티에서 즐기는 일상은 언제까지 누릴 수 있을지 모르거든요. 지구에서의 평화로운 일상도 점점 줄어들 거예요. 제가 앉아 있는 이곳은 바다였습니다. 바다가 집인 바다생명은 아랑곳하지 않고 바다를 메우더니, 하늘을 가리는 빌딩을 올려 낸 오만한 인간입니다. 원래 바다였던 곳이어서, 큰 태풍이 오면 파도가 넘쳐 1층 가게들은 바닷물에 잠겨 부서지고 차들은 침수되고 휩쓸려 2톤이 넘는 차들이 2층까지 올려지고는 합니다. 전 그때 군인이어서 이 재해를 직접 수습했어요. 보도블록을 주워 날랐죠. 영어로 외국인도 대피시켰어요.

오래가지 못할 거예요, 마린시티는. 공기보다 물이 먼저 열을 흡수하니까요. 지표면의 오르는 온도를 수십 년째 바다는 머금고 있었어요. 열을 흡수한 물은 불어납니다. 어느 환경단체는 지구온난화로 인해 해수면이 높아져 우리나라에서는 인천공항과 마린시티가 10년 내에 가장 먼저 바다에 잠길 것이라고 예고했습니다. 그런데 지금까지의 기후변화 예측은 항상 예측보다 빠르게 현실이 되었지요. 전 세계를 뒤덮는 전염병도 예상보다 빠르게 인류의 자유와 평화를 앗아 갔습니다. 인간은 이렇게 자연이라는 신을 얕잡아 봅니다. 세계 3차대전은 인류라는 하나의 팀이 자연에서의 생존이라는 걸, 우리는 언제 깨달을까요?

길을 걸으며 마스크를 쓰지 않던 시절을 그리워합니다. 마스크를 쓴 채 처음 만난 사람들의 마스크를 안 쓴 모습을 보고는 화들짝 놀라요. 사람들의 얼굴을 보고, 입꼬리를 길게 늘어뜨리며 미소 지을 수 있던 날들이 그립습니다. 미세먼지가 없던 어린 시절도 그리워요. 수돗물을 그냥 마시는 호주가 그립기도 합니다. 우리의 당연했던 일상을 이렇게 하나씩 잃어가는 세상이 되고 있습니다. (기후난민이 되어) 삶은 점점 불편해지고, (나이가 들어) 우리의 몸도 점점 불편해지며, 어느 날 당신도 저도 죽음을 맞이해야 하겠지요.

한동안 몸이 너무 아파 커피를 마실 수 없는 날들이 있었습니다. 마침내 몸이 나아 커피를 다시 마실 수 있게 되었을 때, 나의 건강에 어찌나 감사하던지요. 삶이란 건 이렇게 별것 아닌 것 같은 일상이 모여서 만들어진다는 걸 새삼 깨닫습니다. 산다는 건 지금 살아 있음이에요. 천국 같은 오늘을 느끼러 나오길 잘한 것 같아요. 카페 직원들과 주고받는 말 한마디가 소중합니다. 카페 앞에 검은색 커플 바이크가 두 대 세워져 있는데, 검은 옷을 입은 젊은 커플 직원의 바이크인가 봐요. 취미 라이더들끼리 쓰는 용어인 '바이크'라는 단어를 쓰며 제 바이크의 이름을 묻네요. 저는 그들 옆에 나란히 주차했습니다. 일하는 도중에 수시로 나와 노을빛 하늘과 제 바이크의 사진을 (그래도 되냐고 물어보고) 담더니, 제가 카페를 나서며 컵을 전해 주니 수줍은 미소를 짓습니다.

그러고 보니 오늘은 저에게 가장 소중한 은인인 마가렛의 73번째 생일입니다. 마가렛과의 대화는 세계 일류 대학교의 강의보다도 많은 걸 일깨워 줘요. 마가렛이 살아 계실 때 가능한 한 많은 시간을 함께 보내고 싶은 바람이 있습니다. 스티븐 호킹도 꼭 만나 뵙고 싶었는데, 그만 돌아가시고 말았거든요. 그분이 돌아가신 날 저는 한국에 있었는데도 비가 억수로 쏟아졌습니다. 신기하게도 마가렛의 생일인 오늘은 하늘이 신비로우리만치 황홀하네요.

죽어도 살자

Margaret's Teachings
마가렛의 가르침

16,000개나 쌓인 이메일을 정리하며 가장 첫 메일까지 가 봤습니다. 이 계정은 제가 호주에 가서 처음으로 만든 이메일 이에요. 가장 첫 페이지에는 익숙한 발신자 이름이 거의 전부 를 메웁니다. 저희 어머니입니다. 미리 보기 첫 줄만 봐도 가 슴이 아려 옵니다.

12월 18일 '너에게 보낼 것 – 카메라다리, 양말4, 팬티2, 책 8권…. 그 외 학용품 사서 다음 주 중 보내 줄까? 이왕 보 내는 거 20kg 맞춰 보내도록 하지 뭐~.'

12월 19일 '송금했어^^ 1,000불 월요일이나 화요일 확인해 받을 수 있단다. 확인되면 연락 주렴.'

12월 30일 '너의 편지를 읽고 나니 엄마 맘이 많이 울컥하 는구나. 집 떠나 힘든 걸 느끼는 것 같아 안쓰럽다. 하지만 아

들이 선택한 길이니 현명하게 이겨 내리라 믿는다.'

1월 9일 '낼 이사 잘 하구 새로운 보금자리에서 좋은 일 많이많이 생기길 진심으로 바란다. 잘 자구 수고^.~'

1월 11일 '이사하느라 정말 애썼구나. 맘 편하다니 좋구 이런저런 먹고 싶은 것 직접 사다 먹는 재미도 쏠쏠할 수 있으니 즐기길 바란다.'

1월 13일 '그래, 아들 알았다. 네가 어련히 알아서 결정했겠냐 그런 생각을 하면서도 그런 방법도 있는데 싶어서 한번 얘기해 본 거다.'

1월 15일 '송금 완료 - 3,000불 송금했다.'

이런 생각은 이제 와서 문득 들었는데, 아버지는 저를 호주로 유학을 보내지 않으셨다면 지금 롤스로이스를 타셨을 겁니다. 하지만 저희 아버지께 그런 물질 따위는 가족보다 더 가치롭게 여겨지지 않지요. 아버지는 목숨을 바쳐 저를 유학 보내 주셨습니다. 문자 그대로예요. 어머니는 오로지 가족을 위해 자신의 삶을 바치십니다. 이를 저도 잊지 않으려고 이렇게 책으로 불멸화합니다. 그리고 사람의 인생에 아마도 가장 귀한 시간인 20대의 시간을 저는 호주에서 보냈어요. 이 값지고 귀한 시간 동안 제가 배워 온 것이 무엇이냐 물으신다면, 저는 이 한 단어를 말할 겁니다 - tolerance.

죽어도 살자

아무도 모르는 호주에 처음 갔을 때 저는 의무적으로 홈스
테이에 머물렀습니다. 그런데 제게 배정된 홈스테이는 기대
했던 백인 가족이 운영하는 곳이 아니라, 필리핀 이민자의 집
이었어요. 노부부와 그들의 다 큰 무직 외아들 이렇게 세 식구
집입니다. 그들의 유일한 수입원이 홈스테이예요. 제가 갔더
니 저까지 세 명의 학생이 지내고 있었죠. 홈스테이비는 굉장
히 비쌉니다. 그 안에는 밥값까지 포함되어 있죠. 저는 랭귀
지 스쿨 학비에 홈스테이비를 내고 비행기 표까지 사니 정말
세 끼를 홈스테이에서 먹어야 했습니다. 햄버거도 사 먹을 돈
이 없었어요. 세 명의 남학생과 한 명의 건장한 남성, 그리고
노부부까지 모든 음식을 함께 먹으니, 저는 항상 배고팠습니
다. 홈스테이 아주머니는 매번 똑같은 파스타를 해 주었고(호
주에선 집에서 해 먹기에 가장 저렴한 음식입니다), 아침은 식
빵 한 봉지를 나눠 먹어야 했어요. 아무래도 여기에 계속 머물
러선 안 되겠어서, 셰어하우스를 알아보기 시작했습니다.

인천공항에서 호주로 출발하는 비행기에서부터 저는 영어
만 쓰기로 했습니다. 호주에 와서도 한글을 전혀 쓰지 않았어
요. 휴대전화 언어도 영어로 설정하고, 다이어리도 영어로 썼
습니다. 생각도 영어로 하려고 의식적으로 노력했어요. 어머
니와의 편지만이 예외였죠. 한국인 셰어하우스가 외국인 셰
어하우스보다 훨씬 저렴했지만, 저는 한국인 셰어하우스에

들어가지 않기로 했습니다. 그곳은 방 하나를 여러 명이 쓰기 때문에 싼 것이었고, 그곳에 가면 저는 한국어를 쓸 것이기 때문이에요. 그래서 현지 부동산 웹사이트들을 찾아 호주에 온 지 2주 차부터 집을 보러 다녔습니다.

그러다 제가 가려는 멜버른대학교가 있는 칼튼이라는 동네에 아주 근사한 아파트를 알게 되었어요. 집을 보여 주는 시간보다 조금 일찍 가니, 아파트 입구의 궁전 같은 거대한 철문 앞에 많은 사람들이 서성이고 있었습니다. 마침내 집주인이 도착했고, 모두가 그 방 하나를 보기 위해 온 사람들이었음을 알게 되었습니다. 그가 보여 준 방은 방 3개짜리 아파트에 유일하게 창문이 없고 화장실 바로 옆의 가장 작은 방이었어요. 방이라기보다는 원래 용도는 창고 같았습니다. 그렇지만 가격도 괜찮았고, 무엇보다도 그 동네와 그 아파트가 정말 마음에 들었습니다. 그 집으로 가는 길이 멋있었어요. 집주인은 여자만 사는 그 집에서 여자 플랫메이트flatmate를 찾는 눈치였어요(호주는 직장이나 부동산 공고에 성별을 특정하는 광고를 할 수 없습니다. 성차별이기 때문이죠. 한국에선 영어선생님을 구할 때 노골적으로 여자선생님만 구하는데, 저를 남자냐고 물어볼 때마다 굉장히 기분이 나빴어요). 집을 보고 나오며 저는 그 사람에게 가 눈을 마주 보고 악수를 청했고 제가 이 방을 정말 원한다고 강한 인상을 남겼습니다. 며칠 뒤 그에

죽어도 살자

게서 이메일이 왔어요. 그는 사실 그 집에 사는 여동생을 위해 대신 플랫메이트를 알아봐 주는 오빠고, 여자를 찾고 있었는 데 여동생과 상의를 해 보니 제가 괜찮은 사람인 것 같고 여동 생이 한국인을 좋아해서 나로 결정했다고 했습니다. 그 집에 는 두 명의 말레이시아 여자들이 살고 있었어요. 한 명은 멜버 른대학교를 졸업했고, 한 명은 멜버른대학교에 재학 중이었 죠. 저에게 주어진 운은 나빴지만(나중에 알게 되었는데 다른 한국인 학생들은 꿈같은 백인 호주인 집으로 배정을 받았더라 고요. – 그리고는 그게 좋은 줄 몰랐지요), 제 능력으로 저의 행운을 만든 것 같은 순간이었습니다. 배고프고 구질구질한 홈스테이에 머무른 지 5주 차, 저는 동굴을 벗어나 궁전으로 이사 올 수 있었습니다.

5층의 고전적인 아파트가 디귿 자로 구성되어 가운데에 아 파트 주민만을 위한 고고한 정원이 조성돼 잘 관리되고 있고, 아파트 안에 수영장과 사우나도 있고 주민 전용 바비큐 그릴 도 있는 아파트입니다. 아파트 정문의 거대한 철문과 그 양 옆을 대칭을 이루며 솟은 높은 나무들이 아주 아름다운 건 축물이에요. 아파트 바로 앞 건너편에 화려한 왕립전시관과 IMAX 상영장, 멜버른 박물관이 있는 칼튼 가든이 있습니다. 영국 여왕의 취향을 반영한 듯 칼튼 가든 가운데에는 거대한 분수대가 있고 그 옆으로는 오리들이 수영하는 연못도 있습니다. 인간의 세월은 훌쩍 넘은 나무들과 밟아도 꺼지지 않는 잔디가 숭고합니다. 이곳은 저희 집 앞 정원이에요. 이곳 잔디에 누워 점심도 먹고 책도 읽었습니다. 이곳에서 제가 가장 아끼는 클라이언트 사진을 담기도 했어요.

해가 지며 하늘이 붉게 변하는 그 잠깐의 시간을 포토그래퍼는 마법의 시간magic hour이라고 합니다. 그때 집으로 들어서면 아이보리색 우리 아파트도 분홍빛으로 빛납니다. 정원에 빨간 장미까지 피어나면 베르사유 궁전에 입성한 설렘이 일어요. 여느 때와 같이 해 질 녘에 학교에서 집으로 오니 아파트 내부 곳곳에 벽보가 붙어 있었습니다. 아파트 주민 바비큐 파티 공고였어요. 저는 당돌하게도 여느 파티에 갈 때처럼 커다란 카메라에 더 커다란 플래시까지 달아서 참석했습니다. 주민 바비큐 파티에 갔더니, 모든 사람이 백인이었고 저 혼자만 동양인이었어요. 그 아파트 주민들 중 똑부러지게 똑똑한 메리라는 부인과 그분의 남편이 우리 아파트의 관리를 맡고 있었습니다. 메리는 파티에 도착한 저를 반겨 주고 음식을 쥐여 주었어요. 참석한 주민들은 벌써 와서 앉아 이야기를 나누고 있었지요. 그중 빈 자리에 앉았는데, 그 옆에 한 부부가 계셨습니다. 여자분은 호기심 가득한 눈으로 저를 바라봤고, 남자분은 동그래진 눈으로 제 카메라를 바라봤습니다. 그 두 분이 마가렛과 마틴이에요. 당시엔 은퇴를 앞두신 나이셨

죽어도 살자

고, 그들의 눈에 호주에 홀로 온 제가 가여워 보였나 봅니다. 호주 현지인의 빠르고 강세 없는 영어를 잘 알아듣지 못하는 저를 자주 댁에 초대해 주셨어요. 함께 저녁식사를 하고 밤늦 게까지 두 분은 저와 많은 이야기를 나눴습니다. 마틴은 학교 선생님이셨지만 열정적인 사진 애호가셔서 저와도 할 말이 많 으시죠. 첫해엔 입도 벌리지 않고 빠르게 말을 하는 호주 남자 특유의 영어를 하는 마틴의 말을 알아듣지 못했어요. 마가렛 은 제가 그런 걸 알고 찬찬히 말씀해 주셔서 그분의 말은 알아 들을 수 있었습니다. 어느 정도는요. 해가 지날수록 우린 온 전한 소통이 가능해졌어요. 지적인 주제도 이야기할 수 있게 되었죠.

마가렛은 집 앞 멜버른 박물관의 무려 관장님이셨습니다. 이분들은 그레이트 오션 로드 근처에 은퇴하고 살 꿈의 집을 지어 두시고 마가렛의 출근을 위해 평일에만 이 아파트에서 지내셨어요. 이 아파트를 선택한 저의 취향이 이분을 만나게 했습니다. 마가렛은 원래 교사였지만, 그 일이 맞지 않아 그 만두고 박물관으로 옮겼다고 했습니다. 그녀 또한 멜버른대 학교를 나왔고, 학교에선 남들보다 머리가 좋아bright 학년을 건너뛰었다고 했습니다. 영문화는 이런 학생들이 빨리 사회 에 나와 이로운 일을 할 수 있게 시간을 배려해 줍니다. 저도 호주 고등학교에 가서, 또 마가렛과 만나 눈을 보며 대화를 할 수 있어서, 제가 마가렛 같은 사람이라는 걸 알게 되었어요. 별로 노력하지 않아도 1등을 했습니다. 한국에서만 살았다면 전 그냥 예의 바르고 공부는 썩 잘하지 못하는 평범한 사람인 줄로만 알고 살다 죽었을 거예요.

호주에 온 지 꽤 되었던 어느 저녁에도 마가렛 댁에 저녁식사를 하러 갔습니다. 식사를 마치고 차를 마시면서, 마가렛에게 저는 고민을 털어놨어요. 제가 다른 사람들과는 좀 다른 것 같고, 이 문화에 적응하지 못하는 것 같다고 했지요.

"You mean you feel cornered."

사람들이 저를 피하는 것 같냐고 마가렛이 그랬습니다. 그러면서 마가렛은, 호주 사회는 남다른different 사람들을 환영한다고 말했어요. 다양성diversity이 있기에 세상이 아름답다고 했습니다. 성숙한 사회는 다름을 용인하는tolerant 문화라고 말씀하셨어요. 성숙한mature 사람은 자신과는 다른 사람을 포용하는 사람이기 때문입니다. 저는 그저 남들보다 좀 더 철학적이고, 예술적이고, 창의적일 뿐이었습니다. 사랑을 덜 받고 자라 남에게 해를 가하는 나쁜 성격은 아니었죠. 사랑을 많이 받고 자라 자신감이 넘칠 뿐입니다. 세상이 정상적으로 돌아가려면 모든 역할의 사람들이 필요합니다. 모든 사람이 우리 사회에 쓸모가 있기 때문입니다. (우리 문화는 모든 사람이 리더가 되어야 하는 것처럼 가르칩니다. 그런데 MBTI

죽어도 살자

에서 알 수 있듯 리더 역할을 맡는 사람은 전체 인구의 극소수에 불과합니다. 각자가 타고난 역할이 있는 것인데, 리더가 다른 역할보다 더 뛰어난 역할인 것처럼 인식하게 만듭니다. 이는 잘못된 교육이고 문화입니다. 리더의 역할을 타고난 사람들은 다른 역할인 사람들이 알지 못하는 비전을 제시하고 판단을 대신해 줍니다. 그렇지만 디테일한 실무 능력은 그 역할을 타고난 대부분의 사람들에 비해 떨어집니다. 각자의 역할이 있는 모든 사람이 우리 사회에 필요합니다.)

호주에서 인종차별을 느꼈다고 주장하는 사람들을 보면 저는 억울합니다. 저는 그런 일을 단 한 번도 느껴 보지 않았거든요. 호주 인구의 절반 가까이가 동양인입니다. 동양인은 백인에 비해 나서지 않을 뿐이에요. 그렇다고 저는 안전지대에만 머물렀던 것도 아닙니다. 한국에선 눈치 보여 하지 못하는 대담한 도전들이 저의 일상이었으니까요. 모든 일엔 이유가 있는 법입니다. '인종차별'이라는 무거운 이름표를 붙이기에 앞서, 그 사람이 경험한 일에는 원인과 그에 따른 결과가 있었을 것입니다. 소위 '인종차별'은 한국과는 전혀 다른 호주문화와 그 사건의 관계자들의 입장은 고려하지 않은 본인의 주관적인 판단이지요. 사람 사는 곳은 사실 다 똑같습니다. 호주도 범죄가 일어나지요. 그렇지만 멜버른이 있는 빅토리아주는 범죄가 일어나는 지역에서 99%(실제 수치) 집중되어 일어납니다. 밤늦은 시간의 펍과 클럽이 밀집한 시티 내 지역 (King St 근처)과 외곽 빈민 지역이 그런 위험한 지역입니다. 불쾌하거나 위험한 일을 겪은 사람들에게 언제 어디서 그랬느냐고 물어보면, (저는 현지인이니까 아는) 위험한 시간대에 위험한 지역에서 겪었다고 말합니다. 호주의 지역 뉴스만 잘 챙겨 봤더라면 충분히 피할 수 있었던 일이지요(워킹홀리데이를 와서 호주 뉴스를 보는 사람이 몇이나 있나요? 단일민족인 우리나라 치안은 특별하게 좋은 겁니다). 저는 법을 공부했기 때문에 저희 주 경찰청 웹사이트에서 이 99% 범죄집중률이라는 수치를 알게 되었습니다. 그 시간에 그 장소에 간다는 건 사고를 자초하는 일이지요. 그래서 제게 영어를 배우러 오신 한국인들에게 이를 강조해서 알려 드렸습니다. 결국 우리는 학교에서 공부만 열심히 했지 정말 살아가는 데 필요한 지혜는 배우지 못한 것 같습니다. (전 한국에서 나름 항상 반장이었고 '모범생 – 그게 뭔진 모르겠지만'이었습니다. 마가렛에게 제가 반장이었다고 하니, 그녀의 반응은 'School prefect? 그게 별거인가?' 였습니다.)

마가렛에게 털어놓은 저의 소외감은 그런 경험과는 질적 차이가 있습니다. 학교를 여러 군데 다니면서, 나이가 들수록 아웃사이더가 되는 느낌을 받았습니다. 나중에 도스토옙스키의 이야기를 알고 나니 이는 제가 성숙해지며 저의 색깔이 드러났고, 제 성격으로 인해 일어난 상황임을 깨달았어요. 제가 부적응자여서가 아니었죠.

　모든 사람은 각각 다르고, 나도 고유한 사람임을 인지합니다. 그래서 좀 특이한 사람을 만나면 내가 이해받고 싶은 만큼 그 사람을 이해하려고 의식적으로 귀를 기울입니다. 판단하는 건 쉽습니다. 판단은 누구나 할 수 있습니다. 바보가 판단을 하고 비난을 하고 배척을 합니다. 잘못 배운 사람이 비난과 배척을 선동합니다. 현명한 사람은(타고나는 게 아니라 만들어지는 겁니다) 그렇게 쉽게 판단하지 않습니다(한국에서 수많은 학교선생님들을 만났지만 그중에 딱 한 분만 판단을 하지 않으셨고, 나머지 모두가 판단했습니다). 진정한 지성인은 정확한 판단력을 기르는 데 굉장한 시간과 경험을 들입니다. 제가 그녀처럼 되고 싶다고 했을 때 마가렛이 저에게 준 또 다른 조언은 바로 이것이에요. Judge. 이 말을 들었을 땐 사람들의 일반적인 생각의 범위 밖이어서 충격이었습니다. 영문화 학교에서는 'Don't judge'라고 가르치거든요. 그녀는 이 단 한 단어만 저에게 알려 주었지만, 저는 그녀의 말에 생략된 단어가 무언지 압니다. Judge well. 올바르게 판단해야 인간이다 같이 살아가는 데 해가 되는 오류를 범하지 않을 수 있지요. 그렇기 때문에 그녀가 '장'의 자리에 오를 수 있었던 겁니다. 그녀는 다른 직원들의 신뢰를 받고 그들을 대신해 옳은 판단을 내리는 역할을 합니다. 그래서 그녀와 닮은 재능을 타고 난 제가 그녀처럼 되기 위해 제가 해야 할 일은 무엇인지도 알 수 있지요. Practise judging well.

호주에 살며 가장 행복했던 점은 이곳의 윗세대입니다. 윗 세대의 사람들은 대단히 지혜로운 지성인입니다. 공항에서 시티로 돌아오는 버스를 기다리며 제 앞에 줄을 서 있는 윗세 대의 남자분은 희끗한 머리에 예리한 눈빛만 봐도 그 지성을 느낄 수 있습니다. 회사를 등록하기 위해 기관에 가면, 그곳 에서도 희끗한 머리에 예리한 눈빛의 신사가 계십니다. 이런 신사들의 공통점은 입을 굳게 다물고 있는 것입니다. 무지하 고 어리석은 사람들은 어린 사람들입니다. 그렇지만 어리석 다고 꾸짖기보다는 말을 아끼고 눈빛으로 말하며 인내와 행동 으로 아랫세대를 이끌어 주는 윗세대가 있기 때문에 호주 사 회가 다문화 사회임에도 불구하고 질서를 지키며 세계에서 가 장 살기 좋은 도시(이코노미스트지 선정)로서 살아가는 것 같 습니다. 이 점이 한국과 가장 큰 차이이기 때문입니다. 전 한 국에서 본받을 만한 어른을 찾기가 정말 어렵습니다. 그래서 가족과 친구가 있더라도 대화할 사람이 없어 외로워요.

호주에서 매일같이 했던 지적인 대화가 그리워 저는 다시 돌아갈지도 모르겠습니다. 그냥 길을 가다가도 어떤 격식 없

죽어도 살자

는 행색의 신사와 이야기를 나누다가 철학적인 이야기까지 나누게 되고 근처 펍으로 가서 이야기를 이어 가곤 했지요. 그분은 제게 책 한 권을 추천해 줬고, 저는 그 책을 사서 읽었습니다. 그리고 그 책을 다시 친구에게 추천했지요. 그렇지만 지금은 제가 한국에 왔고, 군대를 만기 전역한 당당한 한국인이고, 저희 동네 달맞이의 수비를 맡고 있는 예비군으로서, 이곳에서 제가 할 임무가 있다고 생각합니다. 그래서 작가와 교육가의 역할을 선택했습니다.

어머니께서 이런 말을 들으시면 서운해하시겠지만, 마가렛은 제게 호주 어머니 같은 존재입니다. 일찍 여읜 할머니 같은 존재지요. 제가 호주에 가지 않았다면, 형편이 되지 않았음에도 한국인 셰어하우스에 살기로 타협하지 않고 용기를 내어 외국인 셰어하우스를 고집하지 않았다면, 저는 마가렛이 제게 보여 준 세계를 알지 못했을 것입니다. 저의 문장crest이 양두독수리인데, 아마 그랬다면 머리가 하나뿐인 독수리였겠지요. 어찌 보면 할머니의 사랑 가득한 죽음이 저에게 쓰이지 않았다면 저는 용기 있게 그런 근사한 아파트의 주민 바비큐 파티에 혼자 나가지 못했을 것 같습니다. 할머니와, 어머니와, 아버지 덕분에, 이렇게 깨달음을 얻고 당신에게 제 경험과 배움을 글로 전달할 수 있게 되었습니다. 부디 저희 가족이 치른 비용과 고뇌와 고생 없이 이 배움을 당신 것으로 만드시

길 바랍니다.

　Tolerance. 나와 다른 사람을 너그럽게 감싸 받아들이라. 우리 우주에 존재하는 모두가 존재의 이유가 있다. 우리는 우리 모두가 필요하다. 세상에는 맞고 틀리거나, 긍정적이고 부정적인 게 있는 것이 아니라, 오직 다름만이 있을 뿐이다. 다르기 때문에 아름답다. 세상 눈부시게 아름다운 것은 물과 기름처럼 서로 너무나 달라 섞이지 않을 것 같은 것들을 마주 놓을 때juxtaposition 생겨난다. 남다른 당신은 그래서 소중한 사람이다. 남들과 같아지려고 하는 사람은 그래서 고통을 느끼는 것이다. 나는 남과 같을 수 없으니까.

　Accept the differences.
　다름을 인정하라.

Part III

For the rest of my life
나의 여생을 위하여

시작이 있는 모든 것엔 끝이 있기 마련이다. 나의 끝을 알 때, 나의 여정은 만족스러울 수 있다.

나는 커리어를 선택할 때 끝을 보고 선택한다. 새로운 일을 시작할 때 끝을 보고 시작한다. 연애도 그렇다. 누구를 만나게 되면 그 사람과의 끝이 보이고, 그래서 시작도 하지 않게 되곤 한다. 결혼도 그런 것 같다. 신혼이라는 시작을 함께하지만, 죽음이라는 끝을 함께할 사람. 뜨거운 섹스를 함께하지만, 차가운 죽음도 함께할 사람. 그런 사람이 결혼할 사람인 것 같다. 선택. 선택이 모여 인생이 된다.

나의 끝에 확신을 갖고 싶어 나는 20대를 학술 서적을 읽느라, 세상의 모든 다큐멘터리를 보느라, 인터넷이라는 광야의 정보를 탐험하느라, 사업을 하느라, 다섯 군데가 넘는 대학에 다니느라, 연애는 못 했다. 나는 20대가 저물도록 성을 몰랐

죽어도 살자

다. 육신의 죽음을 이야기하며 육체적 사랑을 빠트릴 수 없을 것 같다. 죽음과 사랑. 이 얼마나 매혹적인 대비인가. 누구나 일생에 한 번은 있는 불타는 사랑 이야기를 내 첫 에세이에 불멸화해 보는 건 어떨까.

유학을 준비하며 카페에서 공부하기를 좋아했던 나는 오랜 유학 중에 한국에 잠시 왔을 때 집 근처 카페에서 예전처럼 공부를 했다. 뭘 공부했는지는 기억나지 않지만, 그 카페에는 빨간색 유니폼을 입은 아르바이트생과 검은색 유니폼을 입은 정직원이 있었는데, 쌍꺼풀 없는 눈에 길게 날이 선 콧날과 두툼한 입술, 169cm의 키에 마른 몸매를 가진 정직원에게 주문을 하고 커피를 받을 때마다 가슴이 두근거림을 느꼈다. 덕분에 오랜 시간 그 카페에서 공부를 했고, 호주로 돌아오기 전 그녀에게 번호를 물어봤다. 그녀는 이런 적이 없었다고 하며 거절하더니 결국 나와 번호를 교환했다.

호주로 돌아와서는 메신저에 뜬 그녀의 사진을 한 번씩 열어 봤다. 여섯 달쯤 흘렀을까, 가끔씩 바뀌는 그녀의 프로필 사진 중 하나에 눈이 멈췄다. 사진 속 맑은 영혼의 토끼 같은 눈을 바라보는데 그 눈에 반하고 말았다. 그녀라는 씨앗은 내 마음에서 내 의지와는 상관없이 자라나고 있었나 보다. 여러 달이 흘렀지만 난 그녀에게 문자를 보냈다. 그렇게 한 번씩 말을 주고받다 보니, 우린 지구 정반대 편이라는 거리에도 불구하고 사귀는 사이가 되었다. 나는 혼자 호주를 여행하면서도 그녀와 영상으로 함께했다. 처음 그녀를 만나고 1년쯤 뒤, 나는 다시 한국으로 돌아왔다. 이번엔 호주의 집과 차를 정리하고 모든 이삿짐을 챙겨 아주 돌아왔다.

서양 나이로 스물한 살을 갓 넘긴 여자와 사랑에 빠졌다. 그녀를 처음 만났을 땐 그녀가 아직 스무 살이었다. 세상의 때가 묻지 않은 순수한 사람이었다. 그동안 호주에서 하나씩 사 모은 선물들을 첫 진짜 데이트에서 그녀에게 잔뜩 안겨 줬다. 알고 보니 그녀의 집은 우리 집 바로 앞 아파트였고, 우리는 매일같이 만나 손을 잡고 산책을 하고, 영화를 보고, 드라이브를 하고, 예쁜 카페를 찾아다녔다. 우리는 불타는 사랑을 했다. 우리는 불타는 사랑을 나눴다.

그녀로 인해 나는 성이 뭔지 경험하게 되었다. 영적으로 순수한 사랑을 통해 느낄 수 있는 성이어서 아름다웠다. 그녀와 처음으로 사랑을 나눌 때는 그녀의 질에서 맑은 피가 나왔다. 그녀에게 나는 첫 남자였다. 우리는 매일같이 사랑을 나눴고, 땀으로 온몸이 흥건히 젖도록 격정적인 사랑을 세 시간이 넘도록 나눴다. 달빛은 땀에 젖은 우리의 속살을 반짝였다. 비오는 날엔 파도 소리가 들리는 바다 앞에 차를 세우고 차 안에서 우리는 차 안이 우리의 입김과 증발된 땀으로 가득 차 숨이 막힐 정도로 사랑을 나눴다. 나는 그토록 그녀를 사랑했다. 그녀도 나를 그토록 사랑했다.

죽어도 살자

군 입대 전날, 우리는 송정의 카페에 갔다. 크리스마스이브였다. 카페엔 연말을 즐기는 사람들로 가득했다. 그 카페에서 난 울음이 터지고 말았다. 멈추지 않는 내 울음에 사람들이 나를 쳐다봤고, 하얀 스웨터를 입은 그녀는 나를 꼬옥 안아 주었다. 난 그녀의 가슴이 젖도록 울었던 것 같다.

육군훈련소에서는 전화를 할 수 없었다. 한 달간 나는 오로지 나를 죽일 것 같은 폐렴 같은 독감과 싸우며 극단적인 군사훈련을 이겨 내야 했다. 그녀가 보고 싶었다.

훈련을 무사히 마치고 자대와 특기를 배정받았다. 백골부대. 고속유탄기관총. 공중전화기로 그녀에게 전화해 비장한 목소리로 이를 알렸다. 자대에 가서는 매일 전화를 할 순 있었지만 할 수 있는 시간이 한정되어 있었다. 그때마다 공중전화기로 그녀에게 전화를 걸었다. 그녀는 근무 중이었음에도 불구하고, 나의 군 복무 동안 단 한 번도 내 전화를 놓치지 않고 받아 줬다. 어떻게 그럴 수 있었는지는 지금도 의문이다.

시작이 있는 모든 것엔 끝이 있다. 그녀 덕에 성이란 것을 깨우치게 되었지만, 그녀와 나는 육체적 사랑 외에는 다른 교감을 할 수 없었다. 결혼을 했다면 완벽한 사랑이었을지도 모르겠다. 그렇지만 결혼은 나 혼자만의 일이 아니었다. 집안과 집안의 결합이 결혼임을 그제야 알았다. 나쁜 나는 그녀에게 이별을 통보했다.

극사실주의를 그렸던 클림트가 어떻게 지금 알려진 화풍의 그림을 그리게 되었는지 그녀와 만나며 내 인생의 경험으로 알게 되었다(그의 스튜디오에는 항상 많은 여자 모델들이 있었고 그 모델들과 클림트는 일상에서 성적 풍족을 즐겼다고 알려졌다). 성적으로 초월적인 만족감을 느끼니, 세상 모든 불안과 걱정과 근심이 티끌도 없이 사라졌다. 어린 시절 친구는 내가 이렇게 편안한 모습은 처음 본다고 했다. 세상 다 가진 것처럼 태평한 아우라가 내 안 깊은 곳에서부터 내 주변으로 뿜어져 나왔다. 필요에 의해 무언가에 집요하게 집중해 애쓸 여력이 없었다. 그저 평안했다. 열반이란 이것일까.

그렇지만 그녀와 헤어진 후로 그런 초월적 만족감은 다시 느낄 수 없었다. 정점에 솟구친 절정은 하염없이 하강했다. 직관으로 사랑한 그녀를 이성으로 이별한 탓일까. 난 내 선택이 잘한 것인지 답을 내릴 수 없다. 그 후 만난 머리가 옳다고 생각한 사람은 몸이 만족하지 못했다. 몸이 만족하지 못하니 아무리 머리로 옳아도 눈이 다른 사람을 찾았다. 한 번에 한 사람만 좋아했던 내가 이럴 수 있다는 것도 처음 알았다. 인간의 삶은 이리도 복잡하다.

이 글을 나는 엉덩이가 뜨거워지고 땀에 젖는 잉글리시 캡틴 체어에 앉아서 쓰고 있다. 산업디자이너로서 존경하는 오스트리아의 어느 디자인회사에서 최초로 발명해 낸 메시로 만들어진 오피스 체어가 내 집필을 위한 절정의 선택임을 나는 이미 알고 있다. 그렇지만 200만 원에 달하는 그 의자를 차마 구입하지 못하는 건 그 가격 때문만은 아니다. 정점을 경험하고 나면 그만큼의 만족을 느끼지 못할 때의 허기짐이 두려워서다. 아마 그 의자를 내 서재에 들이면 나는 어느 공공장소에서나 글을 쓰는 건 어려워질 것이다. 그녀와의 이별 이후로 나는 해탈의 만족을 느끼지 못하고 있으니까.

태어나 살아 있음으로 느낄 수 있는 최상의 경험을 해야 만족스러운 죽음에 다다를 수 있을까, 너무 극에 치우치지 않게 중도를 지키며 살아야 죽을 때 후회가 없을까?

확실한 것은, 순수한 사랑을 통해 경험한 극락은 내게 죽어도 여한이 없다는 인상을 남겼다. 경험의 종류에 따라 최상을 경험하거나 중도를 지키느냐를 결정할 수 있는 것 같다. 그게 살아 있음으로 느낄 수 있는 경험이라면 최상을 경험하는 게 옳다. 그게 선생님이라면 최고의 선생님에게 배우는 게 옳다. 인생은 한 번이니까. 그렇지만 그게 지식이라면 너무 많이 아는 것은 그리 행복에 좋지 않다고 고백한다. 그게 꿈이라면, 이룬 후보다 이루기 전이 더 행복하다. 꿈을 이루고 나면 더 이상 이룰 꿈이 없기 때문이다. 물건도 그렇다. 최고를 갖고 나면 꿈꿀 목표가 없다. 배부른 사람에게 아무리 맛있는 음식도 소용없듯, 이룰 꿈이 있을 때, 이룰 목표가 있을 때가 행복하다. 그게 삶의 이유이기 때문이다. 수능을 치르면 바보가 될 거라는 걸 알고 있었지만, 고등학교 야자 시간은 행복했다. 레고를 만들 때가 행복하고, 완성한 레고는 소용이 없듯, 삶의 만족은 과정의 행복이다.

Live content, die content.
만족스러운 삶은 아름다운 죽음으로 귀결된다.

죽어도 살자

Life's function
삶의 쓸모

열여덟 살, 처음으로 우울증을 겪었습니다. 처음으로 살기가 싫다고 생각했어요. 나는 열정적으로 살았고 삶을 사랑했습니다. 그런데 하루아침에 누명을 쓰고 모든 친구가 제게서 돌아섰거든요. 너무 울어 녹초가 된 몸과 까매진 맨발로 옥상 난간에서 내려온 뒤, 생각했어요. 난 잘못한 게 없다. 이렇게 죽기엔 억울하다. 내 인생은 이제 시작일 뿐이다. 새로 시작하자. 힘듦의 끝에 다다르면 울 힘도 없습니다. 이내 마음에 평온이 찾아오지요. 터널 끝에 빛이 들 듯, 삶이란 그렇게 빛과 어둠이 번갈아 나를 비춰 줍니다.

This too shall pass.
이 또한 지나가리라.

힘듦은 지나가고, 더 강해진 내가 남습니다. 초연해지지요. 저는 학교로 가, 자퇴서에 서명했습니다. 그리고 교문을 나서는데, 지금까지 아등바등 지각하지 않게 등교했던 내 모습이 보입니다. 밤이면 너무 늦지 않게 잠들어야 했고, 아침이면 빠르게 씻고 촌각을 다투어 집을 나서야 했지요. 이제 그러지 않아도 됩니다.

A crisis is an opportunity.
위기는 기회다.

나를 위한 삶의 시작. 이제부터는 만들어진 길을 따라가는 게 아니라, 내 길을 만듭니다. 자유에는 책임이 따르지요. 저는 책으로만 보고 실천하지 못했던 일들을 시작합니다. 경제 경영 책으로 알게 된, 세계 어느 나라에서든 똑같이 운영되는 시스템을 배우기 위해 집 앞 맥도날드에 입사했어요. 점장님은 미성년자인 저를 받아 주셨고, 저는 다시 살아난 열정과 책임감으로 제가 맡은 일을 근사하게 해냈고, 그 이상을 했습니다. 모든 버거제조법을 더 간단하게 한 장에 정리해 신입 직원을 교육하는 데 썼더니, 점장님이 이게 마음에 드셨는지 제 매뉴얼을 코팅해서 버거를 만드는 곳 벽에 붙여 두셨어요. 점장님과 매니저님들에게 신임을 받는 유능한 크루가 되었습니다. 동이 트기 전 출근해 아침을 열고, 손이 빠르고 정확해 가장 바쁜 시간인 런치 시간까지 일을 부탁받았습니다. 매장 안의 모든 일을 할 수 있었고, 그렇게 성실하게 일해 시급을 모아 종잣돈을 마련합니다. 그걸로 실전 투자를 시작했어요. 학교에 다닐 때는 《워렌 버핏 실전 투자》를 읽고 있는 저를 여자친구는 공부나 하라며 비웃었었죠.

유학을 위해 영어시험을 준비하며, 먼저 유학을 결정한 친구와 달맞이의 유명한 카페에 놀러 갔어요. 두 번째 간 날, 그 카페 사장님이 제게 일을 해 볼 생각 없냐고 권유하셨습니다. 그렇게 우연히 바리스타가 되었어요. 이번에도 저는 아침 오프닝을 맡았습니다. 아무도 없는 이른 시간에 출근하여 가장 먼저 카페 문을 열고, 인기척이 없는 어두운 공간에 빛과 음악을 채워 넣습니다. 야생화의 이름을 딴 이 카페에는 야생화가 아주 많았어요. 아침에 출근하여 가장 먼저 하는 일은 수많은 야생화에 물을 주는 일이었습니다. 이 순간이 가장 행복했어요.

출국일이 다가오고, 저는 새로운 영어이름을 짓습니다. 철학을 좋아하는 전 가장 존경하는 철학자 마르쿠스 아우렐리우스의 이름에서 제 이름을 얻었어요. 아우렐리우스는 이탈리아의 할아버지 이름이에요. 이 이름의 요즘 태어나는 이탈리아 남자아이 이름은 아우레오입니다. 점점 더 단순해지는 시대의 흐름에 맞춘 이름이지요. 로마가 가장 평화로웠던 시기의 마지막 황제이기도 했던 아우렐리우스는 이런 글을 남겼습니다.

When you arise in the morning, think of what a precious privilege it is to be alive—to breathe, to think, to enjoy, to love.

아침에 일어나면, 이렇게 살아 있음이 얼마나 소중한 축복인지에 감사하라. - 숨 쉴 수 있고, 생각할 수 있고, 재미를 느낄 수 있으며, 사랑할 수 있음에.

언덕 위의 낭만과 이상의 세계 같은 카페에서 일했던 시간은 꿈같았습니다. 그 덕분에 전 커피를 좋아하게 됐어요. 커피를 바리스타로 일하게 되면서 처음 배웠거든요. 열정이 많으신 사장님께서 우리나라 최고의 선생님들을 섭외하여 그분들께 커피를 배웠습니다. 그래서인지 제가 아침에 일어나서 가장 먼저 하는 의식ritual은 에스프레소 머신으로 커피를 내려 마시는 일입니다. 커피를 마시기 위해 아침에 일어나요. 그래서 매일 아침이 설렙니다.

호주에 사는 그 오랜 시간 동안 전 매일 커피를 여러 잔 마셨고, 매번 사 먹는 것보다는 머신을 들이는 게 1년이면 그 투

죽어도 살자

자금을 회수한다고 생각하여, 이탈리아에서 머신을 직접 수입했습니다. 빅토리아 아르두이노라는 황금색 돔에 독수리가 날아오르는 조각이 있는 머신이에요. 한 쌍을 이루는 그라인더도 금빛으로 번쩍입니다. 커피를 내리는 행위는 저만의 종교적 의식에 가까운 것 같아요. 그렇지만 하루를 삼 일처럼 살며 양치를 잘 하지 않았어요. 이게 한국에 돌아왔을 때 문제의 원인이 됩니다.

사랑니가 비스듬히 어금니를 뚫고 자랐고, 그 사이에 커피가 고여 치아가 상했습니다. 결국 사랑니를 뽑아야 했고, 상한 어금니를 위해 너무나 고통스러운 신경치료를 여러 번 해야 했어요. 이 고통은 해 본 사람만이 알 것입니다. 차라리 이를 뽑는 게 나을 것 같다는 생각이 들 정도예요. 치아가 뇌와 가까이 있어, 양치를 잘 안 하면 세균이 들어가 뇌를 손상시킬 수도 있다는 걸 이때 배웠습니다. 무엇보다도, 몸이 아프면 '감당 가능한 스트레스'인 커피를 마실 수 없어요. 커피를 마실 수 있음은 내가 건강히 살아 있음의 증거입니다.

커피는 콩이 아니라 씨앗입니다. 씨앗은 동물의 몸속에서 소화되지 않고 변과 함께 배출되지요. 변에는 씨앗이 식물로 성장하는 데 필요한 양분이 있어 훌륭한 거름이 됩니다. 자연의 모든 일엔 이유가 있지요. 씨앗은 동물의 몸속에서 소화되면 안 되기 때문에 독성이기도 해요. 커피 씨앗은 매운맛을 내는 캡사이신처럼 인간의 몸이 감당할 수 있는 정도의 독성입니다. 프리드리히 니체가 1888년 8월 26일부터 9월 3일까지 일주일 만에 쓴 책《Twillight of the Idols》의 아포리즘 8번에는 이런 글귀가 있습니다.

What does not kill me makes me stronger.
나를 죽이지 않는 것은 나를 더 강하게 한다.

커피는 우리 몸이 감당 가능한 스트레스인 셈입니다. 우리 몸과 닮은 나무라는 생명도, 가지치기pruning를 통해 적당한 스트레스를 주어 더 강한 나무로 성장시킬 수 있어요. 스트레스를 받았을 때 매운 음식을 먹으면 스트레스가 풀리는 사람도 이런 원리 때문입니다. 자극을 주어 해소하는 것이지요. 캡사이신은 식물에 있는 성분으로 카페인처럼 식물이 번식과 생존을 위해 만드는 독성입니다. 이 씨앗을 퍼뜨려 주는 동물에게는 반응이 없고, 씨앗을 이빨로 깨물어 파괴시키는 동물에게는 독성이 작용하지요. 씨앗은 그렇게 '나를 먹지 말라'고 알려 줍니다.

어느 날, 제가 스트레스로 힘들어하자 마가렛이 제게 그랬습니다. Some stress is good for you. 어느 정도의 스트레스

죽어도 살자

는 건강에 좋다고요. 실제로 전 군에 막 입대한 이등병 때 엄청난 스트레스를 받았지만, 그때 거울을 보면 제 얼굴은 가장 어리고 건강했어요. 서른 살이었지만 스무 살 같았지요(이때 아주 기본적인 비누 하나로 머리도 감고 세안도 하고 샤워도 했습니다).

Challenges enliven us; boredom kills us.
도전적인 상황은 나를 깨운다. 지루함은 나를 죽인다.

삶은 커피나무처럼, 도전적인 상황을 이겨 내기 위해, 무언가 살아 있는 목적을 위한 일을 하기 위해, 누군가를 사랑하기 위해, 누군가에게 행복을 주기 위해, 내일도 살아 있어 아름다운 하늘을 즐길 수 있는 희망을 위해 존재합니다. 열여덟 살에는 인생의 전부가 친구입니다. 그 친구를 모두 잃어서, 신뢰와 사랑을 듬뿍 받으며 다니던 학교마저 잃어서, 전 살고 싶지 않았어요. 그 삶이냐 죽음이냐의 일생일대의 위기는 제게 새로운 삶을 시작하기 위한 기회가 되었습니다. 죽지 않고 살기를 선택했기 때문이에요. 살아 있는 한, 희망이 있으니까요.

Beauty is in the eye of the beholder.
아름다움도, 추악함도, 모두 그를 보는 사람의 마음속에 있다.

Life needs risks
평온한 삶은 사는 게 아니다

내가 태어난 건 나의 선택이 아니었지만, 내가 살아 있음은 전적으로 나의 선택입니다. '살아 있음'은 그저 숨을 쉬고 밥을 먹는 것만을 의미하진 않아요. '살아 있음'은 살아 있기에 할 수 있는 행동들을 하는 겁니다. 살아 있음을 느끼게 하는 일들을!

모르면 용감합니다. 위험을 모르기 때문이죠. 어릴 때 일을 시작한 저는 월급을 모아 스무 살이 되기 전 차를 샀어요. 어른들이 '위험하다'고 판단하지만, 제 눈엔 예쁘기만 한 스쿠터예요. 점점 성장하며 더 크고 빠른 바이크를 탔습니다. 할머니 댁에 자라며 자전거 타기를 좋아했던 저는 나날이 바이크를 타는 데 능숙해졌어요. 자신감은 자칫하면 자만으로 변질합니다. 도로 상황을 제대로 주시하지 않고 코너에서 너무 많

죽어도 살자

이 기울이다가 그만 넘어지고 말았습니다. 집 앞이었어요. 돌아보니 넘어진 도로에 미끄러운 액체가 흥건했지요. 빅토리아 마켓 코너였거든요. 생선 기름이 아니었을까 합니다. 넘어져 아파하고 있는데 그런 저를 보고 누군가 구급 대원을 불렀나 봅니다. 사고 후 얼마 되지도 않자 경찰차에 구급차까지 도착해서 저를 확인했습니다. 갑자기 정신이 돌아왔어요. 호주는 멋지고 감사한 곳이에요. 저는 태연한 표정으로 괜찮다고 하고 집으로 돌아왔습니다. 그런데 집에 오니 너무 아픈 겁니다. 가족이 없는 호주에서 저는 일주일 동안 집에 콕 박혀 학교 강의도 가지 못하고 침대에 누워 있었습니다. 서러웠어요. 몇 달 뒤 방학을 맞은 저는 한국으로 휴가를 갔습니다. 정형외과에서 엑스레이 사진을 찍어 보니 의사선생님은 다리뼈가 부러졌다가 다시 붙었다고 합니다. 그 이후로 저는 바이크를 타지 않기로 했습니다.

그러고는 무겁고 둔한 자동차를 젠틀하게 탔어요. 바이크를 안 탄 지 7년이 흘렀죠. 인생이 너무 재미없다고 느끼게 됐어요. 장기적인 지루함boredom은 삶에 의욕이 없는, 우울증의 초기 증세와 같은 심각한 상태예요. 이런 상태는 편안함에서 온다고 합니다. 너무 편하고 안정된 환경은 사람의 건강에 그리 좋지 않다네요. 평온을 쟁취하기 위해 열심히 사는데, 예상과는 반대의 결말이죠? 그리하여 인터넷 브라우저의 관심

페이지 목록에 모터사이클 매물 웹페이지가 쌓여 가는 걸 발견합니다. 가장 첫 페이지는 백일 전이네요.

개인전을 철수하고 오는데, 전시장 근처에 모터사이클 매장이 있었어요. 한번 둘러볼까 하고 들렀지요. 이 모델 저 모델에 앉아도 보고 시동도 걸어 봤습니다. 그러다 어떤 특정한 모델에 앉아 보는데, 서로 다른 2개의 물체가 원래 한 쌍이었던 것처럼 결합되는 느낌을 받았어요. 철컥. 그러고는 시동을 걸어 봤더니, 허걱, 그 소리에 반해 버렸습니다. 두근대는 심장을 부여잡고 일단 집으로 돌아왔어요. 그때가 정오쯤 되었는데, 자정이 될 때까지 설렘이 계속되었습니다. 머릿속엔 온통 그 바이크 생각뿐이었죠. 사랑하는 사람을 만나면 이런 느낌일까요? 저는 다음 날 일어나자마자 한 시간이 걸리는 그곳에 버스를 타고 가 그 모델을 사 왔습니다.

라이더 보험을 알아보니, 생명보험을 들고 내가 모터사이클을 타다가 죽더라도 보상이 삼천만 원밖에 되지 않는다는 걸 알게 되었어요. 유학을 위해 저에게 수억 원을 투자하신 부모님께 전혀 보상이라고 할 수 없는 금액입니다. 그렇지만 이 어느 정도 제어가 가능한 '위험'이라는 것이 제 삶의 전환점이 되었어요. 이런 말을 제가 쓰게 될 줄은 몰랐네요, 삶의 전환점. 사람은 리스크가 필요하다는 걸 깨달았습니다. 위험이 존

죽어도 살자

재하면 인간은 생존본능을 깨웁니다. 감각이 살아나고, 머리가 날카로워집니다. Excitement, 자극이지요.

그렇게 데려온, 전투기 이륙속도보다 가속이 빠른 모터사이클은 제게 필요했던 자극이 되었습니다. 지금껏 타 본 두 바퀴 탈것과는 레벨이 다른 이걸 다뤄 보면서 라이딩을 새로이 배우기 시작했고(제 생명이 달렸으니), 일만 하느라 저에겐 없던 취미라는 것이 생겼어요. 모터사이클을 타며 위축되고 우울했던 저의 태도가 달라졌습니다. 스로틀 테라피throttle therapy라고 하더군요. 안장에 올라타 떡 벌어진 핸들을 잡으며 자연환경에 나 자신을 노출시키는 자세가 긍정적인 호르몬을 내뿜게 도와준다고 합니다. 그리고 직감으로 알 수 있는 리스크는 감각을 깨우는 자극이 되고요. 내 태도와 에너지가 달라지니, 갑자기 좋은 일들이 일어나기 시작했습니다. 아무것도 되는 일이 없는 것 같았는데, 내 힘으로 할 수 있는 일은 된다는 걸 경험하게 되었어요. 연습도 없이 무작정 시험장으로 가서 친 2종 소형면허를 한 번에 성공했거든요.

'내 힘으로 할 수 있는 일은 된다.'

안전하고 평화로운 울타리 안에 살아서는 행복한 인생을 살수 없습니다. 안정을 위해 어떤 직업을 선택하는 것은 평화로운 삶이겠지만 보람찬 삶은 아닙니다. 보람이 없는 삶은 행복도 없습니다. 애초에 자연에는 '안정'이라는 것이 존재하지 않습니다. 우리는 끊임없이 변화하는 환경에 적응하며 살아가야 하는 존재입니다. 결혼마저도 불안정의 상징이 되어야 마땅하다고 임경선 작가님은 말했어요. 자연은 항상 변하지요. '결코 망하지 않을 기업'에 취직하는 일은 '결코 삶을 살지 않겠다'는 선택으로 보입니다. '절대 잘리지 않을 회사'를 찾아 입사한다는 건 변화하는 환경에 적응하기를 포기하는 일이기 때문입니다. 왜 모험을 기피하나요? 도전은 이렇게 살아 있음을 느끼게 하는데! 위기를 극복하는 데에서 기회가 생겨나고 나의 삶을 범인의 것 이상으로 끌어올립니다. 순간의 기지에는 마법의 힘이 있습니다. 지금 당장의 순간에 집중하면, 인간은 불리한 환경을 이롭게 바꿀 잠재력이 있습니다.

내 삶에 건강한 리스크를 들인 직후 삶이 변하기 시작했습니다. 나의 태도가 달라지니 나를 둘러싼 우주의 기운이 달라진 듯, 사람들이 나에게 끌렸고 일이 동시에 여러 가지가 들어왔습니다. 인생이 달라졌어요.

죽어도 살자

Perspectives: the world is neutral. It's your thoughts that cause disturbance in you. Alter your thoughts to alter your emotions

관점의 전환: 세상은 중립이다. 내가 부정적인 감정을 느끼는 이유는 그에 대해 내가 부정적으로 생각하기 때문이다. 생각을 바꾸면 감정도 바뀐다

스티브 잡스가 어릴 때 자신이 생부모에게 버림을 받아서 입양되었다고 생각했습니다. 그런 그에게 새아버지는 이렇게 말했죠. '넌 버림받은 게 아니다. 넌 선택받은 사람이다. 넌 특별한 사람이야, 우리가 정확히 너를 선택했기 때문이란다.' 관점을 바꾸면 약점은 강점이 됩니다. 상처는 아물며 더 단단해집니다. 아픔은 나를 더 강한 사람으로 거듭나게 합니다.

영문화의 삶의 방식이 익숙한 저는 그곳에 살며 이용하던 웹사이트를 통해 여전히 물건을 사고는 합니다. 제가 원하는 것들은 우리나라에는 없을 때가 많아요. 어떤 물건이 필요해져서 해외 경매 사이트에 들어가 보면, 언제 나올지도 모를 물건이 딱 나와 입찰을 시작하고 있곤 합니다. 우주의 기운이 작용한 듯 신기해요. 경매를 수없이 해 본 저는 요령이 생겨 웬

만해선 이깁니다. 그렇게 어디서나 구할 수 없는 타이를 모았고, 제 서재에 불사조처럼 앉아 있는 박제된 황금 독수리도 수집에 성공했어요.

흔치 않은 물건들을 해외에서 구입하다 보니 세관 통관에서 지연이 되곤 합니다. 이번에 전투기 이륙속도보다 가속이 빠른 모터사이클을 제 라이프스타일에 들이면서, 적절한 안전 장비가 필요함을 느꼈어요. 일전에 딱 한 번 넘어졌을 때 그나마 가장 질긴 진을 입었는데, 아스팔트에 갈리며 제 피부까지 갈았었죠.

언젠가 채식주의자이신 마가렛에게 왜 구두는 가죽으로 신으시냐고 물어봤었습니다. 음식은 채식을 하지만, 몇십 년이고 오랫동안 쓰는 물건은 가죽을 선택한다고 하셨어요. 스무 명은 되는 가족 구성원 모두가 채식주의자지만, 그중 아들만은 생선도 먹는다고 했습니다. 가죽은 당연히 좋지 않은 것으로 여겨 한 번도 진짜 가죽옷은 입어 보지 않았는데, 그에 대해 생각해 보게 됐지요.

아스팔트에서 고속으로 다섯 번을 넘어져도 괜찮다는 라이딩 재킷이 필요해져 검색을 해 보니, 딱 제 사이즈의 원하던 디자인이 깨끗한 중고로 경매에 올라왔습니다. 이런 거친 물

160   죽어도 살자

건에 저처럼 노련한 입찰자가 있을까 하며 경매에 임했다가, 정확히 30초 너무 일찍 입찰하는 바람에 그 하나뿐인 중고 재킷을 다른 사람에게 내어 줬어요. 오만하면 실패하는 자연의 법칙이 정확히 들어맞았습니다. 그래서 계속 알아보다, 유명한 브랜드의 중고 재킷보다 저렴한 값에 제 치수에 맞춰 제작해 주는 사람을 발견했습니다. 마침 큰 할인까지 받고 설레는 마음으로 주문을 했어요.

몇 주 뒤 제 물건이 인천공항에 도착했음을 확인했습니다. 그런데 일주일이 되도록 통관이 지연되고 있었어요. 가을이 라이딩의 가장 좋은 계절이라 하루 이틀이 소중했죠. 구글에 영어로 검색해 보니 그 특정 사설 배송업체의 비슷한 사례들이 나왔고 그에 대한 (영어 어투로 미루어 보건대 무지한) 사람들의 불평과 비난만 가득했습니다. 저도 같이 이 배송업체를 비난하며 화가 났지요. 순간 떠오른 카네기의 말. "어떤 바보라도 비평할 수 있고, 비난할 수 있고, 불평할 수 있다. 그래서 대부분의 바보들이 그런다."

그 배송업체에 전화를 걸었습니다. 친절한 상담원은 제가 웹사이트에서 읽은 대로 추가 정보가 필요해서 지연되고 있었고, 제가 기재한 번호로 연락이 닿지 않았다고 설명했습니다. 많은 해외 웹사이트들은 한글로 보는 정보와 영어로 보는 정보가 다릅니다(대중 정보의 주축인 위키피디아는 특히 그래요). 한글 설정이 된 해외 웹사이트들은 번역이 어색하게 되기도 하고, 내용이 사실과 달라지기도 하며, 번역이 안 된 정보가 많습니다. 국제언어인 영어로 브라우저를 설정하지 않았으면 추가 정보가 필요하다는 걸 알 수 없었을 것입니다. 그렇게 연락이 닿지 않아 세관에 오랫동안 방치된 물품은 폐기되기도 한답니다.

이 특정 배송업체의 잘못이라고 생각했을 때는 화가 났고 일도 안 풀리는 것 같았어요. 그런데 원인을 알고 나니, 그 누구도 나에게 불편을 주려고 그런 일을 저지른 것은 아님을 알게 되었습니다. 부정적인 감정이 중화되었고, 내가 휴대전화가 아닌 쓰지 않는 집 전화번호를 기재했기 때문에 일어난 지연임을 이해하게 되었지요. 통관에 필요한 정보를 전달했고, 즉시 며칠 내에 물건을 받았습니다.

사람들은 대체로 다른 사람들을 좋은 의도goodwill로 대합니다. 때때로 이유 없이 불친절한 사람은 그 사람만의 개인적인 문제가 있는 것이라 생각하면 내가 화라는 독소를 내 몸 안에 생성할 필요까진 없게 되지요. 다들 각자의 이유가 있는 것입니다.

행복해요, 이 세상 모든 게 좋기 때문이 아니라, 나는 세상 모든 것에서 좋은 점을 볼 수 있으니까요.

It's cause and effect
세상은 인과율로 돌아간다

되는 일이 없어서 일이 되지 않는 게 아니라, 내가 안 되게 하기 때문에 되지 않습니다. 일에 있어서는 내가 제공한 '원인'이 그 상황에 맞아야 의도한 '결과'가 나오지요. 이를 '성공'이라고 합니다. 성공이라는 단어에는 불순한 의미가 많이 가미되어, 그보다는 '효과성effectiveness'이 순수한 단어겠네요. 사람을 대하는 일에 있어서는 인과율에 심리가 더해집니다. 나의 태도와 언어와 외모가 사람들의 판단에 영향을 끼치고, 따라서 결과에도 영향을 줍니다.

덥수룩하게 머리를 아무렇게나 기르고 나타난 백수 친구는 취직을 하면 미용실에 갈 거라고 말합니다. 이는 잘못된 생각이에요. 미용실에 가야 나의 외모와 태도가 달라지고, 내 외모와 태도가 호감형으로 달라졌기 때문에 취직이 됩니다. 음

죽어도 살자

의 에너지는 음을 부르고, 양의 에너지는 양을 부르지요. 그래서 잘 안되는 사람은 한없이 안되고, 잘 되는 사람은 계속 더 크게 잘됩니다.

성공은 과학입니다. 원인이 결과를 만들어요. 운이란 것은 2가지뿐입니다. 초심자의 운, 그리고 타고난 운명. 처음 시작할 때 운이 따랐으면, 이후로는 운을 기대할 수 없습니다. 기대하면 이상하게 일이 뜻대로 안 되지요. 운이라는 미신을 믿어서는 지속적으로 성공을 건설해 나갈 수 없습니다. 일확천금으로 성공한 사람은 세상에 없습니다. 우리는 쉽게 얻은 것을 쉽게 여기기 때문입니다. 내가 만드는 '원인'을 이성적으로 객관적으로 분석하는 일이 필요합니다. 그리고 될 때까지 포기하지 않아야 결국 됩니다. 원하는 대로 안 됐을 때는 그 이유가 있습니다. 될 이유가 있는 일은 됩니다. 될 조건을 갖추면 되니까요.

물질적 성공은 미성숙한 사람이나 좇는 것입니다. 만족도 없고 지속도 불가능하기 때문이지요. 많이 가지면 더 많이 원합니다. 물건으로 인한 행복은 며칠밖에 가지 않습니다. 성숙한 사람은 정신적 만족을 취하지요. 성숙한 사람은 지금 없는 것보다 지금 가진 것에 집중합니다. 시력, 열 손가락, 걸을 수 있는 다리, 잘 뛰는 심장, 산소가 있는 지구, 너무 덥지도 너무 춥지도 않아 살아 있을 수 있는 온도, 물속이 아닌 지상, 집 근처 공원, 내일 아침 일출, 할 수 있는 일, 하면 재미와 보람을 느끼는 일, 사랑하는 대상, 살아 있는 시간, 희망.

Materialism v. Spirituality
물질주의 v. 정신적인 삶

나라마다 고유한 기운이 있는 것 같아요. 어느 나라의 공항에 도착하면, 그 나라만의 특수한 공기가 느껴집니다. 한국에는 상경의 공기가 흐릅니다. 상업과 경제의 공기가요. 사람들은 실리콘밸리가 세계에서 가장 사업적 도전이 활발한 곳이라고 생각합니다. 정작 그런 미국인들이 한국에 오면, 한국이야말로 놀라울 정도로 세계에서 가장 사업이 발달한 곳이라고 여긴다네요. 어찌 보면 슬픈 일이에요. 사회가 불안정해서 수많은 사람들이 먹고살 걱정으로 사업에 뛰어드니까요. 저도 이곳에서 태어나 자라면서 자연스럽게 관심의 가장 큰 대상이 돈이 되었습니다. 초등학생에 불과한데 친구가 우리 집보다 더 좋은 집에 살면 부러웠고, 친구의 아버지가 고급 차를 타면 뭔가 기가 눌렸습니다. 공부를 잘해서 성공하려면 당연히 CEO가 되기 위해 경영학과에 가야 한다고 생각했습니다.

주변이 모두 그렇게 생각했기에 다른 선택은 무엇이 있는지도 몰랐어요. 요즘 초등학생은 친구에게 너희 집은 몇 평이냐고 물어본다는군요. 그게 왜 어린아이가 궁금해야 할 것인지 모르겠습니다.

호주에는 잘 설명하기 어려운 영적인 기운이 돕니다. 한국에서 열 시간을 넘게 날아가 시드니 공항에 도착하면, 공기의 무게와 밀도, 질감과 냄새가 달라진 걸 느낄 수 있어요. 이 묘한 느낌을 굉장한 지성인이신 마가렛에게 문자로 보내 봤는데, 답을 듣지 못했어요. 호주에서 태어나 자란 사람들은 우리나라 사람들과는 다르게 세상을 바라봅니다. 이들은 '돈을 벌기 위해' 의사가 된다거나 교사가 되려 하지 않아요. 정말로 자신이 관심 있는 분야로 나아갑니다. 사회나 과학 분야가 많이 보여요. 한국문화의 산물인 저는 호주로 가면서 이미 상경대로 진학할 것을 정하고 갔습니다.

그런데 대학교 도서관에서 분야를 가리지 않고 호기심이 이끄는 대로 책을 읽다 보니 깨달은 게 있습니다. 제가 호주에서 태어나 이곳의 초등학교와 중학교를 다녔다면, 전 아마도 생태학자가 되고 싶었을 것 같아요. 전 한국에서 문과였는데, 제가 과학에 타고난 흥미가 깊다는 건 호주의 편견 없는 사회적 분위기에서 깨달을 수 있었습니다. 호주는 사회복지가 잘

되어 있어서인지 호주인들은 게으른laid-back 걸로 유명합니다(소파에 등을 붙인 느긋한 태도를 빗댄 표현이에요). 사회적으로 안정이 보장되어 있어서 우리처럼 먹고살기 위해 빨리빨리 일해야 할 필요가 없는 것이죠. 실제로 호주의 교외 suburb로 가면 시간이 멈춘 것 같은 정적이 흐릅니다. 몸과 머리가 둔해져서 그곳에 있으면 시티에 있을 때보다 하루가 금방 지나가요.

　호주인들은 '가장 싼 것', '싸 보이는 상품 진열방식'을 선호합니다. 무언가를 살 때 'just buy the cheapest one'이라는 말을 많이 하고, 물건을 팔 때 상품을 정갈하게 진열해 놓는 것보다 그냥 테이블에 쏟아부어 놓으면 더 잘 팔립니다. 가격이 똑같아도요. 이는 아마도 삶의 가치가 우리나라와 달라서 그런 것 같습니다. 우리는 있어 보이려고 노력하지만, 호주 사람들은 남에게 어떻게 보이든 내가 편한 걸 좋아합니다. 대학교에 여학생들은 머리도 감지 않고 세안도 안 한 것 같은 얼굴에 누더기를 입고 강의에 옵니다. 안 그런 학생들도 있지만, 그런 학생을 이상하게 여기진 않아요. 그러다 파티를 하면 레드 카펫을 밟아야 할 것처럼 풀착장을 하고 옵니다(같은 인물이요). 이웃 나라 뉴질랜드 교장선생님들도 특별한 때가 아니고선 슈트를 입지 않아요. 회의나 회사 일정이 끝나면 집이나 숙소까지 슈트를 입고 가지도 않고 일자리에서 일상복이

나 운동복으로 갈아입고 퇴근하고는 합니다.

편안한 사회적 분위기와 초록초록한 자연이 드넓게 펼쳐진 호주에선 우울증을 찾기 어렵습니다. 불편한 사회적 분위기와 삭막한 회색 벽과 화려한 자동차들이 가득한 우리나라와는 다르지요. 물질적 풍요와 삶의 질, 무엇이 더 중요한 가치일까요?

제가 아이를 낳는다면 호주에서 키우고 싶습니다. 아니, 호주에서 키우지 않으려면 새로운 생명을 창조하고 싶지 않아요. 환경이 사람을 만듭니다. 학원을 다니지 않아야 주체적인 삶을 살 개인으로 성장할 테니까요. 스스로 생각할 줄 모르게 자란 아이는 본인이 행복한 삶을 살 가능성이 낮을 겁니다. 남의 삶, 부모의 삶을 살겠지요. 놀아야 아이이고, 혼자서 자기 자신에게 깊숙이 빠져 볼 수 있을 때 그래 보아야 자기 자신을 알게 될 테니까요. '나'를 아는 사람은 행복할 줄도 아는 사람입니다. 우린 아이들에게 공부나 하라고 하지만, 정작 우리가 학교에서 공부했던 내용이 어른이 되어 얼마나 쓸모 있던가요? 일론 머스크가 한 말처럼, 사람이 배울 수 있는 모든 정보는 책과 인터넷 속에 있습니다. 공짜예요. 우린 스스로 무엇이든 할 수 있어요. 하면 되니까요.

한국 사람들은 "자본주의니까~"라는 말을 습관처럼 합니다. 자본주의capitalism는 이익의 소유권을 개인이 갖는 시스템으로, 이익을 사회 구성원 모두가 나눠 갖는 사회주의와 반대되는 개념입니다. 고로 자본주의니까 '돈이 최고다'는 말은 잘못된 말입니다. 사실 이는 물질주의materialism를 말해요. 더 비싼 차나 더 비싼 집, 더 비싼 옷과 더 비싼 음식을 선망하고 그를 소비하는 사람을 부러워하는 생각법입니다. 이는 그 나라의 도로만 보면 알 수 있습니다. 우리나라에는 해가 지나도 도로엔 항상 새 차들이 대부분입니다. 세계적으로 사랑받는 자국 자동차회사가 있음에도 국산 차 모델보다 더 비싼 수입 차 모델이 더 많이 팔리는 해가 있기도 합니다. 우리나라 자동차회사는 수입 차의 외관과 실내 스타일링을 따라 만들기까지 합니다. 심지어 디자이너를 수입해 오지요(해외 산업디자인과에 갔더니 가장 특출나게 재능이 있는 학생들은 한국인입니다. 한국인은 손재주를 타고난 민족인 것 같아요. 다만 스스로 생각하는 '철학'이 없을 뿐입니다). 물질주의 문화에서는 똑같은 물건의 가격만 높였더니 더 잘 팔리는 기이한 현상이 일어나기도 합니다.

반면 호주에는 대부분 연식이 오래된 차들이 도로에 있습니다. 고급 차보다는 내구성이 좋다는 소문이 난 차들이 가장 많습니다. 무슨 차를 타는지로 사람을 판단하지도 않아요. 차는 그저 이동 수단일 뿐입니다. 한번은 거대한 기업에서 중책을 맡고 호주에 사는 프랑스인 친구에게(사실 클라이언트였는데 친구가 되었어요) 왜 이 차(소형 SUV)를 선택했느냐고 물었더니, 그 친구는 이 브랜드가 알아서 서비스를 해 줘서 편리해서 선택했다고 했습니다. 대기업 임원이 탈 법한 뻔한 고급 세단이 아니라 그냥 '차'였거든요. 멜버른에서 가장 큰 클럽을 소유한 분의 차에 얻어 탄 적이 있었는데, 그분은 수수한 옷차림에 다소 겸손한 은색 독일 차의 엔트리 모델을 오랫동안 타고 계셨습니다. 누군가 제게 그 사람이 그런 재력가임을 말해 주지 않았다면 전혀 알아볼 수 없었을 것입니다. 그런데 우리나라에서는 슈퍼스포츠카의 주인이 알고 보면 칼국숫집 사장이고는 합니다. 학교 앞 오래된 떡볶이집 사장님이 화려한 독일 수입차를 탑니다. 왜 그러는 걸까요?

한번은 우리나라 아트페어에 VIP로 갔는데, 티켓 창구 직원이 제 오래된 골드 카시오 시계를 보고는 특별판이냐고 물었습니다. 그냥 저에게 하나뿐인 손목시계고 20달러밖에 안 하지만 배터리가 10년 넘게 가고 있고 저와 호주에서부터 성공도 함께하고 한국에서 군대도 같이 다녀온 무척 의미 있는 시계입니다. 행운의 시계죠. 그 직원은 자신의 까르띠에 탱크를 보여 주며 자랑했습니다. 그런데 저는 그 아트페어에 VIP로 갔고, 그녀는 그곳 단기 아르바이트였죠.

죽어도 살자

물질주의 문화의 사람들은 상대적 빈곤을 스스로 느껴 자존감에 상처를 받고 우울감을 느끼곤 합니다. 돈이란 건 있다가도 없는 것이니 이에 따라 행복감이 크게 달라집니다. 차가 없어도 편한 나라에 사는데 고마움을 느끼기보다는, 차가 없으면 자신을 '뚜벅이'라고 부르며 자신의 가치를 물질에 의해 규정합니다. 인간의 편의를 위해 만든 도구가 인간보다 중요한가요?

정신적인 가치를 더 높게 여기는 호주에서는 20년이 넘은 차를 타면서도 새로 알게 된 사람에게도 편안하게 차를 태워주고 차 주인의 목소리에는 건강한 자존감이 우러납니다. 저는 호주에서 어머니의 차를 물려받는 친구들이 가장 부러웠어요. 돈으로 살 수 없는 그 의미가 가치 있으니까요(저는 호주에 가족이 없으니 물려받을 수도 없었지요). 정신적인 삶은 물질에 좌우 받지 않습니다. 세상은 어차피 계절이 변하고 날씨가 변합니다. 개인의 인생에도 계절과 날씨가 있지요. 항상 무엇이든 할 수 있는 날씨이지만은 않기에, 물질에 구속받는 삶은 쉽게 지칩니다. 그렇지만 언제나 변하지 않는 존재, 나 자신이라는 영혼에 가치의 기준을 두면, 계절이 변하고 날씨가 변하더라도 나는 흔들리지 않습니다. 바람이 불면 프라다에서 만들었든 동대문에서 만들었든 내가 입고 있는 옷이 바람만 잘 막아 주면 됩니다. 체온만 유지해 주면 나는 삽니다.

그리고 삶의 질을 높이는 물건은 저렴합니다. 좋은 책이지요.

Life's condition is to renew
생명의 조건은 허물을 벗는 것이다

나무에게 정을 주다 보면, 나뭇잎이 노란색으로 변할 때 가슴이 아프곤 합니다. 반려동물이 아파서 걱정되는 것과 닮은 마음이에요. 그런데 어느 시인의 글을 읽고 저의 생각이 바뀌었습니다. '잎이 노래진다고 슬퍼 마라. 떨어진 잎은 흙으로 돌아가, 다시 나무의 양분이 되어 재탄생하니까.'

한창 성장을 하는 나무는 가능한 한 널리 뿌리를 뻗습니다. 생명력이 강한 나무는 화분에 심어 두어도 더 많은 양분을 찾아 화분 밖으로 뿌리를 뻗어요. 뻗어 나온 뿌리에 흙을 담은 화분을 대어 주면 그 화분에서 자신을 복제해 냅니다. 대나무는 이렇게 대나무숲을 만들어요. 미국 유타주의 피시 레이크 국립공원의 일부 숲은 여러 개의 나무가 이루는 숲이 아니라 판도(라틴어로 '나는 퍼진다I spread')라는 하나의 나무가 뻗어 나가며 만든 숲입니다. 이 나무의 지하 뿌리 조직은 무려 수천 년이나 되었다고 해요.

나무가 성장하는 이유는 더 많은 양분을 취하여 생존율을 높이기 위해서인 것 같습니다. 잎을 많이 펼쳐야 많은 태양에 너지와 이산화탄소를 흡수할 수 있으니까요. 기업이 확장하는 이유도 같습니다. 시장점유율을 높여 최대한의 양분(수익)을 얻기 위해서지요. 그러나 성장에는 끝이 있습니다. 동식물과 기업은 물론, 인류의 풍요에도 한계가 있지요. 그 이상의 성장은 비효율적이기도 하고, 자원은 한정적이기 때문입니다. 인류의 풍요는 벌써 정점을 찍었습니다. 이 글을 읽는 우리가 살아 있는 시간 동안 우리의 풍요와 편의는 줄어들고 자연과의 조화를 이루며 살아가게 됩니다. 지속 가능한 생산 및 소비방식으로 전환하게 되고, 이는 가장 편리하거나 풍요로운 방식은 아니지요.

나무는 연두색의 새잎을 피워 내고, 그 잎이 점점 자라 원숙한 녹색이 됩니다. 계속 새잎을 피워 내며 나무가 하늘을 향해 자라나면서, 가장 오래된 잎이 자신을 이루는 에너지를 줄기를 통해 새잎을 피우는 데 보내며 자신은 노랗게, 갈색으로 말라 죽음을 맞이하지요. 그리고는 결국 나무에서 떨어집니다. 흙에 닿은 잎은 미생물에 의해 분해되어 그 양분이 고스란히

죽어도 살자

흙이 됩니다. 나무에게 흙은 인간에게 장과 같아요. 흙 속 양분을 소화하여 나무는 자신의 신체를 이룹니다. 이 재생의 과정은 식물뿐만 아니라 동물도 같아요. 인간의 피부는 살아 있는 한 끊임없이 새살을 만들어 내고 각질을 벗어 냅니다. 뱀은 허물을 벗지요.

 살아 있는 생명은 무한히 허물을 벗습니다. 상처는 그 과정으로 인해 아물지요. 사람의 육신이 성장하는 데는 한계가 있지만, 사람의 정신은 살아 있는 한 무한히 성장해야 변화하는 환경에 살아남을 수 있습니다. 계속 앞으로 나아가지 않으면 도태되고 맙니다. 수면 위에 떠 있는 것으로는 부족하고, 헤엄을 쳐서 앞으로 나아가야 하지요. 그리고 환경이 바뀌면, 나도 바뀌어야 합니다. 생명의 조건은 허물을 벗는 것이니까요.

 지금 우리는 거대한 변화를 짧은 시간에 겪고 있습니다. 바이러스는 선전포고예요. 자연은 균형을 바로잡기 위해 인간 개체 수를 줄이는 작업을 시작했습니다. 세계 곳곳에서 동시다발적으로 발발한 초대형 산불은 기후변화를 더욱더 빠르게 가속합니다. 인류 전체가 생존하기 위해 인류의 절반이 죽어야 한다는 마블 코믹스 타노스의 메시지는 일리가 없지도 않습니다. 우리가 간과하는 바다생명의 존재를 상기시킨 〈아쿠아맨〉도, 인간은 오만한 개발의 한계를 깨닫고 나무와 함께

공생해야 한다는 메시지를 전한 〈아바타〉도, 대중 교육의 매체로서 역할을 했습니다. 나무는 우리 동네와 지구의 온도를 낮추기 위해 결정적인 역할을 합니다. 태양열을 흡수하여 자신의 에너지로 사용하고, 탄소를 흡수해 자신의 몸으로 만들지요.

우리는 지금까지의 생활방식을 크게 바꿔야 생존할 수 있습니다. 인류라는 하나의 종으로 뭉쳐, 우리의 생활방식을 쇄신해야 합니다. 개미 군락에 바닷물이 들이닥치면 개미는 꼼짝없이 몰살하고 말겠지요. 물은 지구상 가장 강력한 청소제이고, 온도를 효과적으로 머금는 물질입니다. 산업혁명 이후 오르는 지구의 온도를 바다는 가장 먼저 머금고 있었습니다. 열을 머금은 물은 팽창합니다. 해수면이 상승하고, 비구름이 되어 큰비로 쏟아집니다. 인류의 유산인 베니스는 이미 1년에 수십 번씩 물에 잠기고 있습니다. 여기에 해마다 강력해지는 태풍까지 몰아치면, 물가에 모여 사는 인간의 터전은 물에 잠긴 개미 군락처럼 될 것입니다. 인간은 물속에서 살지 못하고, 척박한 달 표면이나 화성에서 살지 못합니다. 도구를 개발해 연명은 할 수 있겠지만 지금 우리가 누리는 아름다운 생활을 모두 포기해야 할 것입니다. 맛집 탐방도, 여행도, 드라이브도 못 하지요. 우울증에 걸려 오래 살지는 못할 거예요.

어릴 때 그린 미래 상상도를 보면, 우린 2020년대에 하늘을 나는 자동차를 타고, 종이가 모두 사라져 모두가 전자책을 읽으며, 번거로운 요리 대신 알약으로 식사를 대신하고 있어야 합니다. 그러나 사람의 감성은 이 모든 걸 버리고 기계처럼 효율적인 선택만은 하지 못하지요. 고로 실현 가능한 앞으로의 10년 상상도는 이렇습니다. 우리가 소비하는 것들을 만드는 방식을 모두 지속 가능한 방법으로 바꾸는 일입니다. 인터넷에 올리는 글이나 사진이나 영상은 그를 저장하고 보여줄 서버가 항시 켜져 있어야 합니다. 그 서버는 전기로 작동하고, 가장 저렴하게 서버를 제공하는 중국이 세계 대부분의 서버 수요를 도맡고 있습니다. 세계 대부분의 제조를 도맡는 것처럼요. 그를 위한 전기의 대부분을 중국은 석탄을 태워 만듭니다. 정리하자면, 당신이 인터넷에 올리고 소비하는 사진과 영상이 우리가 겪는 미세먼지의 원인입니다. 결국 우리는 모두 연결되어 있어요. 미세먼지를 줄이기 위해 내가 할 수 있는 일은 불필요한 업로드를 자제하고, 엄청난 전력을 사용하는 비트코인에 관심을 주지 않는 일입니다. 온라인 게임도 그래요. 인간의 엔터테인먼트를 위해 어마어마한 온실가스가 생겨나지요. 궁극적인 해결책은 전기를 지속 가능한 방법으로 생산하는 일입니다. 그와 더불어 가장 큰 온실가스를 배출하는 건설과 제조업 그리고 교통도 큰 쇄신을 해야만 우리 모두가 살아남을 수 있습니다. 나의 개인적 만족을 위한 인테리어 리모델링을 하고 나오는 쓰레기가 다 어디로 갈까요? 한번 해 보자고 열었다가 망한 카페와 식당을 리모델링하는 데 들어간 자재와 버려지는 자재는 기후변화를 유발하고 인류의 생존을 위협합니다. 쓰레기에 자리를 내주기 위해 동식물이 대신 죽지요. 온통 통유리로 만들어진 건물은 굉장히 에너지 비효율적이어서 그 공간을 사용함으로써 온실가스를 만들어 냅니다. 모든 것은 적당한 것이 좋다는 옛말은 진리라고 할 수 있겠어요. 창의 크기도 적당해야 하고, 인간의 개발과 성장도 적당해야 합니다. 지나치게 몸집이 큰 공룡이 지금 지구에 살아 있나요?

아주 오래전에 죽어 땅속에서 기름이 된 존재를 다시 지상으로 꺼내는 일은 위험합니다. 석유는 죽음의 물질이지요. 석유를 태워 우리가 마시는 공기에 버리고, 석유를 가공해 우리가 쓰는 옷과 제품을 만들어서는 그걸 다시 우리가 사는 지상과 바다에 버리는 일은 우리의 생명의 공간을 죽음으로 채우는 행동입니다. 그래서 저는 해외여행을 자제해 왔습니다. 그렇게 저의 욕망을 옥죄이며 살다가 우울증에 걸려 지금은 모터사이클을 한 대 제 삶에 들였지만, 매일 타지도 않고 목적 없는 주행은 하지 않으며 레저로 타더라도 총 주행 10km를 넘지 않습니다. 무엇보다도 제게 이 모터사이클은 저의 디젤 자동차를 대체하는 이동 수단입니다. 이왕 이곳에서 저곳으로 이동하는 데 그 이동 자체가 특별하고 즐거울 수 있어서 제 삶에 큰 변화를 주었어요. 태양광 발전 시설을 갖춘 집에서 전기차를 충전해 운행하는 게 현재의 목표입니다. 버려지는 자원을 재생하고 재활용하여 제품을 제조하는 방법을 연구하는 게 저의 일이고요. 이는 인류 모두의 일입니다.

우리가 변하는 환경에 살아남을 수 있는 삶의 방식으로 쇄신하지 않으면 우리는 죽고 말 것입니다. 죽음이라는 하나의 운명을 공유하는 운명공동체인 우리는, 하나의 결말을 같이 지녔기에 하나의 존재입니다. 이러한 사랑, 인류애가 있다면 우리는 살아남을 수 있어요.

Stay rigid and give life up, or be flexible and reborn?
딱딱하게 삶을 포기할 것인가, 유연하게 재탄생할 것인가?

생명이 살아남을 수 있는 조건은 항상 변합니다. 환경이 갑자기 크게 변하면 대부분의 생명은 죽습니다. 지구에서 지금까지 다섯 번의 대멸종이 있었다고 하는데, 놀랍게도 그걸 모두 살아남은 생명도 있어요. 수천 만 년의 시간 동안 살아남은 종은 어떻게 사는 걸까요?

우리는 힘듦을 견디는 걸 '인내'라고 부릅니다. 이를 뜻하는 영어단어 perseverance는 제가 가장 좋아하는 단어예요. 음식이나 물 없이도 영하 200도의 온도에서도 살아남고, 섭씨 151도에서도 살며, 바닷속에서도 살고 산꼭대기에서도 사는 데다 진공에서도 살아남고 방사선도 견디는 물곰이라는 동물이 인내의 화신이라고 할 수 있겠습니다. 물곰은 크기가 보통 0.5mm밖에 되지 않아 포식자의 레이더에 잡히지 않을 수

죽어도 살자

있습니다. 지금 지구의 포식자는 인간이겠지요. 작음의 강함은 이렇게 자연의 법칙으로 드러납니다. 오랫동안 살아남으며 세계에서 가장 비싼 그림으로 거듭나는 미술 작품들도 대형 작품이 아닙니다. 한 사람이 들고 여행 가방에 넣어 이동할 수 있는 크기죠. 〈모나리자〉와 〈별이 빛나는 밤〉이 그렇고, 우리나라에선 박수근과 천경자가 그렇습니다. 큰 그림은 불이 났을 때 얼른 들고 피신할 수 없어요. 이를 알고서 미술을 시작한 저는 처음부터 작은 캔버스에 공을 많이 들였고 지금도 작은 캔버스를 좋아합니다. 그렇지만 인간은 허풍이 많아 대형 작품을 더 비싸게 구입합니다. 작가로서는 큰 작품보다 작은 작품을 만드는 게 더 공이 많이 들어감에도 작은 작품은 더 낮은 가격에 거래가 되는 편입니다. 보석 같은 작품을 발견하는 게 진정한 가치투자라고 할 수 있겠어요. 어찌 됐든, 물곰은 지금도 지구 구석구석에서 살고 있지만 우리는 그 존재조차 인지하지 못하는 동물입니다. 우리 행성에서 무려 5억만 년 이상을 살아왔다고 해요.

물곰이 인내의 화신이라면, 카멜레온은 변하는 환경에 자신도 변하는 변화의 화신입니다. 카멜레온은 6천만 년 전부터 지금까지 생존하고 있다고 믿어집니다. 변하는 환경에 적응하여 살아남는 방법을 배울 존재로서 카멜레온이 인간에게 좀 더 현실적이겠어요. 잘사는 사람들을 잘 보면, 어릴 때 결정한 자신의 분야와는 상관없이 변하는 환경에 맞추어 자신의 일도 바꾸는 사람들입니다. 최근 밀가루 브랜드와 협업하여 굉장한 성공을 누리는 어느 맥주를 만든 대표님은 원래 양복점을 하셨답니다. 환경이 변하는 것을 감지하시고는 20년이나 하신 양복점을 그만두고 대형 횟집을 여셨대요. 횟집이 아주 잘 되었는데 비슷한 횟집들이 많이 생겨나기 시작하자 이를 그만두고 레스토랑을 여셨답니다. 이 또한 성공을 했고, 앞으로 맥주가 성장할 것을 감지한 대표님은 반백 살에 맥주사업을 시작하셨답니다. 놀라운 건 대표님이 술을 못 드신다는 거예요. 알쓰가 만든 맥주가 국내 토종 맥주보다 맛있다니. 그리고 몇 년 뒤 뉴트로의 트렌드와 함께 협업의 기회가 찾아왔고, 그렇게 지금 많은 사람들이 마시는 그 맥주가 탄생했습니다. 되는 사람이 되는 게 아니고, 되는 사람은 변하는 환경을 빠르게 감지해서 새로운 환경을 최고의 선생님에게 배워 자신도 변화합니다. 하나의 길만 고수하는 우직한 바보가 아니라, 무엇이든 될 수 있다는 가능성을 열고 사는 유연한 카멜레온이지요.

내 맘 같지 않은 환경에 묻혀 죽음을 맞거나, 새로운 '나'로 재탄생하여 새로운 삶을 살 수 있는 선택이 나에게 있습니다. 고지식하게 내가 옳다고 생각하는 것만 고수하다가는 힘듦을 면치 못합니다. 그러나 유연하게 세상에 적응하고 사람들과

죽어도 살자

타협하면 삶은 살 만합니다. 물처럼요. Death or rebirth, 그 재탄생의 상징은 그 무엇보다도 뱀이라고 할 수 있어요. 뱀은 허물을 벗으며 새살을 갖고 다시 태어나며, 전보다 더 크고 강하게 거듭납니다. 죽음에 대한 책을 써야겠다고 마음먹었을 때, 이미 제 머릿속엔 우로보로스가 그려졌습니다. 자신의 꼬리를 먹는 뱀인 이 상징은 재탄생과 영원, 그리고 제가 가장 갈망하는 그것, 자기의존self-reliance을 뜻합니다.

죽거나, 다시 태어나거나. 우리의 영혼에 명이 있는 한 다시 태어날 수 있습니다. 세상이 나에게 압력을 가했을 때 그 압력을 얼마나 받아들이고 다시 회복할 수 있느냐 하는 탄성은 나이가 결정하는 게 아니라, 내 생각이 결정하는 것입니다. 저의 어릴 적 창의적인 열정은 소모적인 잽과 같았어요. 그러나 나이가 들수록 세상과 사람과 인생에 대한 이해와 지혜가 쌓입니다. 몸은 나이 들더라도 머리는 더 밝아지지요. 노련한 한 방이 강력한 펀치가 됩니다. 삶의 승패를 결정짓는 것은 여러 번의 무의미한 잽이 아니라 정확하게 치명타를 주는 펀치입니다. 인간이 이루어 내는 현실은 머리에서 나오니까요. 사람은 믿는 대로 됩니다.

People, even more than things, have to be restored, renewed, revived, reclaimed, and redeemed; never throw out anyone.

사람은 물건보다도 더 다시 고쳐지고 다시 새로워지고 다시 태어나며 실수나 불명예로부터 회복되어야 한다. 그 누구도 내던지지 말라.

— Audrey Hepburn

Especially yourself.

특히 당신 자신을 포기하지 말라.

— Aureo Bae

The ability to revive is eternal life
재생 = 승리 = 영원

인간에겐 전투본능이 있습니다. 사냥과 전투로 생존해 온 인간의 본능이지요. 지금 시대엔 그를 운동과 게임으로 해소합니다. 운동을 그다지 좋아하지 않는 저는 한 번씩 롤플레잉 게임을 합니다. 나를 대신하는 캐릭터를 만들어 전투에서 싸우고 지고 이겨 성장시키는 게임이에요. 초등학생 땐 이런 게임에 너무 빠져 어머니께서 힘들어하시기도 하셨어요. 성숙해진 후론 안 하게 되었지만, 최근에 어떤 게임의 광고가 너무 많이 보여서 한번 시도해 보게 되었습니다. 각각 고유한 성격을 가진 동물 캐릭터들이 동물원 안에서 전투를 하는 게임이에요. 불안정하고 완성도가 떨어지는 게임이지만, 현실을 축소해 놓은 이 안에는 자연의 법칙이 현실과 같이 적용됩니다. 이 게임의 우승방식은 간단해요. 끝까지 살아남는 것입니다.

캐릭터들 중 가장 얄미운 캐릭터는 좋게 말해 '중도'를 아는 캐릭터예요. 특출난 능력은 없지만 모든 능력이 밸런스가 맞아 이 캐릭터를 잘 다루면 무적의 캐릭터가 될 수 있지요. 비실비실한데 날렵해서 회피 능력이 뛰어난 기회주의자 같아요. 확고한 주관 없이 그때그때 형편에 따라 되는 대로 행동하는 사람의 모습 같습니다. 그렇지만 살아가다가 강력한 적수를 만나면 바로 죽고 말지요. 신념이 없기 때문에 맷집이 없습니다.

그런데 죽음 가까이 가더라도 다시 살아나 최종 승리까지 하는 몇몇 캐릭터들은 특별한 능력을 지녔습니다. 바로 스스로 회복할 수 있는 능력, 재생능력이에요. 아무리 강력한 파워를 지닌 캐릭터도 전투에서 체력을 모두 소진하면 약한 캐릭터에게 바로 죽고 맙니다. 전투는 한 명과 한 명의 싸움이 아니라 여러 명과의 싸움이기에 항상 언제 있을지 모를 다음 싸움에 대비해야 합니다. 이는 꼭 비범한 성취를 하기 위한 매일매일의 작은 노력과 같습니다. 하루하루 해야 할 일을 반드시 해내고 체력관리를 하며 내일을 맞으면, 그 하루하루가 쌓여 놀라운 일을 이루어 내지요. 힘든 경험으로 상처를 받더라도 스스로 재생할 능력이 있으면 다시 건장한 나로 거듭나 새롭게 전투에 임할 수 있습니다. 재생능력은 불멸의 초능력 super power이에요.

우리에겐 이런 능력이 없는 것 같지만, 이는 생각하기 나름입니다. 우리에겐 잠이라는 초능력이 있어요. 우리는 의식이 있는 시간 동안 활동을 하며 피로물질을 만듭니다. 몸의 피로는 잠시 앉아 있는 것으로 회복이 되고, 뇌의 피로는 잠으로 회복이 됩니다. 저는 몸을 다치거나, 어디가 아프거나, 크게 스트레스를 받거나, 화가 나거나, 슬픈 일이 있으면 이 초능력을 사용합니다. 잠을 자요. 잠을 자고 일어나면 개운하게 내 몸과 마음이 회복되어 있습니다. 이런 초능력을 줄인다는 건 인간이라는 필멸의 존재를 과대평가하는 무지입니다. 강한 인간은 이 초능력을 잘 사용합니다. 집중을 깊게 할수록 잠이 잘 옵니다. 뇌가 피로하기 때문이죠. 잠이 안 온다면, 내 에너지가 남아 있기 때문입니다. 불타는 하루를 보내세요. 잠이 쏟아집니다. 뿌듯하게 하루를 보내면 그게 행복하게 삶을 사는 시작입니다. 일찍 잠들고 새벽에 개운하게 일어날 수 있거든요.

우울하면 잠이 많아집니다. 회복이 필요하기 때문이에요. 몸이 크게 아프면 잠만 잡니다. 회복을 위해서예요. 화를 내지 않으려면 화를 내는 것을 미루면 됩니다. 삭이는 게 아니에요. 시간을 보내고, 잠을 자며, 화라는 독성을 분해하는 것입니다. 잠은 불멸의 초능력입니다. 만족하는 삶은 적절한 휴식으로 얻은 가장 맑은 상태로 삶에 임하여 이룰 수 있습니다.

적을 이기는 데 필요한 것은 강력한 공격이나 뛰어난 무기가 아닙니다. 한 방 한 방 정확한 타격입니다.

　스스로 회복하는 법을 알면 두려울 게 없습니다. 그건 바로 잠에 대한 생각을 바꾸는 거예요. 잠은 불가피한 시간 낭비가 아니라, 나를 재생하는 초능력입니다. 아픔과 슬픔과 힘듦도 시간과 함께 줄어듭니다. 그래서 버티면 이깁니다.

　　　　　　　　　　　　　　　　　　　　죽어도 살자

We are made to live together
함께해야 살 수 있다

아는 만큼 보인다더니, 성숙해져서 게임을 해 보며 깨닫는 게 있습니다. 랜덤으로 다섯 명이 팀을 이뤄 전투를 할 때 우리 팀에 초고렙이 한 명 있고 고렙이 네 명이면 시작과 함께 안도를 합니다. '이겼구나.' 그런데 각각이 너무 잘난 팀은 서로 각기 날뜁니다. 아무리 초고렙 캐릭터여도 여러 캐릭터의 집중 공격에는 죽고 말지요. 그렇게 뿔뿔이 흩어진 팀은 일찍이 패배하고 맙니다. 그러다 저렙 네 명과 그나마 가장 레벨도 높고 플레이도 잘하는 리더 한 명이 팀을 이루면 처음엔 낙담합니다. 그런데 서로 좋은 아이템을 양보하고 누가 낙오하면 도와주며 항상 하나로 뭉쳐서 움직이니 결국 전투에서 최후까지 살아남아 승리합니다.

Together, we live. Seperate, we die.

함께하면 살고, 각개 하면 죽는다.

세상은 변합니다. 정확히는, 세상의 본질은 변하지 않지만, 세상의 형편은 변합니다. 세태라고 하지요. 2008년에 사랑받은 예능 프로는 〈우리 결혼했어요〉였습니다. 2021년에는 〈나 혼자 산다〉예요. 이는 지금 예능을 시청하는 세대가 공감하는 주제이기 때문입니다(물론 대부분이 그렇게 화려한 싱글라이프를 살지 않는다는 여론도 크지만요). MZ세대는 연애와 결혼을 포기하는 경우가 사회적 이슈가 될 만큼 많습니다. 저도 이 세대라, 충분히 공감합니다. 일단 나 혼자의 생존이 어려우니 연애를 포기하게 되고, 자연히 결혼도 멀어집니다. 이는 지금 기후와도 연관이 있어 자연적인 현상으로까지 보입니다. 한 사람이 일생 동안 배출하는 온실가스가 엄청나고, 지구가 더 인간을 수용하다간, 혹은 인간이 지금과 같은 라이프스타일을 유지하다간 인간 모두가 살 수 없는 행성이 될 테니까요. 슬프게도, 기후위기를 막기 위한 최선의 선택은 아이를 낳지 않는 것입니다. 지금 태어난 아이들은 고통스러운 삶을 살게 되겠지요. (본인이 소비하는 일회용품과 플라스틱 장난감과 전력과 석유와 고기가 원인임을 알지 못한 채 살아가니까 기후변화는 가속됩니다.)

자연을 탐구하며 인체의 비율도 탐구했습니다. 여기서 놀라운 점을 발견했어요. 신체 비율 중 키의 정중앙이 배꼽이 아니라 자기복제를 위한 생식기였습니다. 정확히는 배꼽과 생식기 중간에 위치한 자궁과 정낭입니다. 우리가 스스로 생존할 수 없는 태아일 때 나를 성장시키는 에너지를 받아들이는 탯줄은 신체가 팔다리를 뻗었을 때의 중심이고, 스스로 살아남을 수 있는, 두 다리로 서 있을 때는 생식기가 중심이라고 의미를 부여할 수도 있겠어요. 다른 신체기관이 발달하기도 전에 난자를 담은 난소가 여성 태아에게 먼저 생기는 현상에서 인간 존재의 궁극적 목적을 생각하게 됩니다. '나는 자식을 낳아 기르기 위해 태어난 것인가?' 아이를 보면 귀엽다는 생각이 드는 것도, 아이가 위험에 처했을 때 괴력이 나오는 것도, 자기복제와 양육을 위한 본능일 것입니다.

꽃은 사실 식물의 생식기입니다. 벌과 나비가 필요한 것을 제공하여 그들의 도움으로 자기복제를 하기 위한 형태지요. 나이가 들수록 꽃을 더 좋아하게 되는 연유는 사람은 자신에게 없는 것을 더 좋아하는 심리와 연관이 없지 않을 것 같습니다. 사랑하는 사람에게 꽃을 주는 보편적인 문화도 그런 본능에서 나온 행동인 것 같고요. 우리는 이렇게 태생부터 나 혼자서는 나의 존재를 세상에 남길 수 없습니다.

영어에는 누군가 돌아가셨다는 말을 '누가 survived by 그 사람의 자녀'라고 아름답게 표현합니다. 그 사람은 죽었지만, 그의 유전자와 그에 대한 기억은 그가 남긴 가족에게 남아 있다는 말이지요. 저희 할머니는 돌아가셨지만 그분의 위대한 사랑은 제 삶 속에 영원히 살아 있습니다. 그렇지만 자식이 없는 사람도 그 사람이 한 일은 후대의 사람들에 의해 기억되고 인류에 의해 영원히 존재합니다. 레오나르도 다빈치는 자식이 없지만, 그가 남긴 작품과 코덱스는 전혀 관계가 없는 것 같은 지구 반대편 호주의 어느 소년에게도 보여지고 영향을 주어 그의 존재가 기억되니까요. 그가 남긴 것들을 잘 보존해 세계인이 볼 수 있도록 해 준 500년 동안의 많은 사람들 덕분에, 그에게 영감 받아 오른손으로 드로잉을 하고 왼손으로 영어글씨를 거꾸로 쓰며 저만의 코덱스를 자연의 법칙에 대한 탐구와 삶에 대한 생각으로 쌓아 가는 저를 만들었습니다. 지구 안의 원자가 계속 이 안에서 돌고 도는 것이니, 우리는 한때 레오나르도의 몸을 이루던 원자를 우리 몸 안에 품고 있다고 여겨도 될 것입니다. 유전자냐 유산이냐, 무엇을 남기고 갈 것인지는 나의 선택입니다.

내 육신이 세상에 태어난 목적은 궁극적으로 생존임에 틀림이 없습니다. 그리고 궁극적인 생존은 내가 일부인 인간이라는 종족으로서의 생존입니다. 개별 인간은 연약하여 함께 하나로 뭉쳐야 생존할 수 있습니다. 지금 어느 이기적인 나라가 인류 전체의 생존을 위협하고 있지만, 결국 우리가 살아남으려면 하나가 되어야 합니다. 지금까지 여러 번 있었던 팬데믹을 우리는 그렇게 이겨 내고 지금 이렇게 살아 있습니다.

Begin from the end
끝에서부터 시작한다

만족스러운 삶을 살고, 아름다운 죽음을 맞기 위해 기억할 문장은 이것인 것 같습니다. 어떤 일을 했을 때 최후의 모습을 그려 보고, 그 끝에서부터 지금을 사는 것이지요. 이를 한 단어로 비전이라고 합니다.

학생비자로 호주에 갔을 때 비자 조건으로 일주일에 20시간만 일할 수 있었습니다. 파트타이머로 그렇게만 일해선 한 학기에 수천만 원에 달하는 대학교 등록금과 백만 원이 넘는 월세를 비롯한 생활비를 감당할 수 없었어요. 저는 그때 할 수 있는 일인 사진을 하기로 했습니다. 학생비자여도 사업은 할 수 있었어요. 미성년에 사업자등록을 하고 프로페셔널 포토그래퍼가 되었습니다. 랭귀지 스쿨에서 사귄 수많은 친구들이 일을 소개해 주었고, 친구의 친구의 생일파티를 촬영하면

죽어도 살자

서부터 일을 시작했어요. 랭귀지 스쿨에 다니며 매주 있던 바비큐 파티나 영어로 대화하는 모임에 갈 땐 항상 큰 카메라에 대구경 렌즈를 끼워 가져가 사진을 담고 그 사진을 소셜미디어로 나눠 줬거든요. 그러다 입소문이 나 웨딩사진을 촬영하게 되고, 패션사진과 인물사진을 전문으로 하게 되었습니다. 저만의 스타일이 있어서, 업계에선 이 스타일을 높게 사 주었어요. 무언가를 오랫동안 해서 능숙해야만 자신만의 스타일을 가질 수 있다고 영문화에서는 생각하는 것 같습니다. 초등학교도 가기 전부터 카메라를 갖고 놀았기에 사진은 제 본능과도 같은 자연스러운 일이긴 해요. 나이가 어리든 많든 사람을 사람으로서 존중해 주는 영문화 덕분에 제 사업은 빠르게 성장했습니다.

세계적인 명성을 가진 모델들이 순수하게 예술을 위해서 저의 프로젝트에 무보수로 모델을 해 주었고, 사회적으로 존중받는 분들이 클라이언트로 저를 찾아 주셨어요. 그분들은 제 스튜디오를 업계 1위 스튜디오들과 비교하며 그곳은 어떻게 하더라 이야기해 주셨죠. 아버지뻘인 포토그래퍼들이었어요. 저는 고작 스무 살이었습니다. 마침 제 스튜디오에서 플린더스 스트릿을 따라 두 블록 거리에 세계에서 가장 유명한 포토그래퍼인 헬무트 뉴튼의 멜버른 스튜디오가 있었습니다. 이미 작고하셨지만 그분의 존재는 불멸화되었지요. 멜버른의 가장 큰 도서관인 주립 도서관에 가면 예술 코너에서 그분의 사진집들을 볼 수 있습니다. 주립 미술관에 가면 사진 전시관이 있고 이는 다른 미술 전시관과 분리되어 있습니다. 사진은 순수미술로 인정받지 않는 물리적인 성명과도 같죠. 자연히 포토그래퍼로서의 내 최후의 모습은 어떤 것일까 생각해 보게 되었습니다.

그렇게 근사해 보이지 않았습니다. 직관적 끌림이 없었죠. 포토그래퍼는 자신의 비전을 사람들에게 보여 주는 역할입니다. 그렇지만 언제나 포토그래퍼는 카메라 뒤에 있어요. 주인공이 아니라 관찰자입니다. 나도 헬무트 뉴튼 같은 최후를 맞을 수 있겠다는 희망이 보였지만, 그런 사람이 '나'는 아니었어요.

사람마다 타고나는 '생명의 목적calling'이 있는 것 같습니다. 이는 항상 유전과 일치하지도 않아요. 알렉산더 맥퀸은 패션디자인을 하기 위해 태어난 사람이었지만, 그의 부모님은 택시 기사와 교사이죠. 아이가 태어날 때 고유한 영혼이 그 육신에 깃드는 것 같습니다. 그래서 삶의 목적은 오로지 자신의 직관으로 깨닫는 것이에요. 나만이 나를 진정으로 알 수 있습니다. 내가 느끼는 행복과 불행과 보람이 나의 영혼의 색깔을 깨닫기 위한 단서입니다.

저는 멋진 사진을 만들 수 있지만, 그 일을 하며 대단한 행복이나 보람을 느끼지는 않아요. 그저 의뢰인의 일을 해 주며 대가를 받고, 그 분야의 전문가로서 존중을 받을 뿐입니다. 이제는 디지털로 작업하는 사진에 저는 손으로 만드는 질감을 더합니다. 원본을 디지털로 촬영한 뒤 픽셀을 한 땀 한 땀 덧그려서 완성 사진을 만들었어요. 제가 상상하는 어떤 이미지든 하룻밤이면 만들어 낼 수 있습니다. 그런데 그렇게 '그려서' 사진을 만들어도, 사람들은 사진을 사진으로만 인식합니다. 아무리 많은 상징성을 담아도, 사진은 그냥 사진일 뿐이었죠. 정말 물리적으로 그려서 만드는 회화가 받는 인식과 존중을 사진은 받지 못합니다. 내가 진정 원하는 일이 무엇인지는 아직 모르겠지만, 일단 이 부분이 아쉬워서 사진을 그만두고 유화를 시작했습니다. 잘하던 일을 그만두고 전혀 모르는 일을 시작하니 어둠이 깔린 산길을 걷는 느낌입니다. 그런데 다시 백지가 되니 내 안의 목소리를 들을 수 있었어요. 내가 진정 원하는 나의 모습이 무엇인지 하나씩 퍼즐을 모았고, 그 비전을 그리기 위해 이제는 확실해진 방향을 잡고 나아가고 있습니다. 끝에서부터 시작했기 때문에 내가 진정 만족할 나의 최후에 다다를 것 같아요.

인생에는 돌이킬 수 없는 것들이 있습니다. 그중 하나는 시간이에요. 돌이킬 수 없는 시간을 다 보내어 인생의 끄트머리에서 어떤 성취를 이루었는데, 그 성취에 행복하지 않다면, 내 부름을 따르지 못한 것 같다면 어떡할까요? 우린 모두 죽지만, 그래도 살아야 합니다. 산다면 살아 있음으로 느낄 수 있는 희열을 느껴야 하지 않을까요? 입장료를 냈으니 삶이 줄 수 있는 만족을 얻고 싶습니다. 궁극적인 만족은 내가 태어난 목적을 성취했을 때 느낄 수 있을 거예요.

The nature of the world is change
세상의 본질은 변화다

팬데믹은 세상의 판을 바꾸어 놓았습니다. 오랫동안 해 오던 일을 갑자기 못하게 되고, 새로운 일을 찾아야 하게 되었지요. 10년 동안 항공사 승무원으로서 비행을 해 오던 분은 오래 다니던 회사를 퇴직했습니다. 평소에 좋아하던 캠핑을 하며 유튜브를 시작했어요. 영상의 질이 어찌나 높은지 이를 다 혼자서 제작했다는 게 믿기지가 않습니다. 모든 영상이 60만 조회 수를 넘었어요. 계획도 없이 퇴직을 했지만, 이분은 위기를 기회로 여겨 새로운 인생을 시작했습니다. 요즘 초등학생들의 장래희망이 100만 구독자를 둔 유튜버라니, 누구에겐 꿈을 이룬 일이겠네요.

변화를 싫어하는 사람에겐 이런 갑작스러운 환경적 변화가 큰 스트레스일 것입니다. 그런데 이 태도에는 치명적인 오류가 있습니다. 바로 '변화를 싫어하는 것'이지요. 세상의 본질은 변화입니다. 생명체로서 우리는 변화하는 환경에 맞춰 살아가야 할 운명을 타고났어요. 절대 잘리지 않을 기업에 입사하여 안정을 추구하는 생각에는 오류가 있습니다. 더 나은 사람으로 거듭나기를 포기한 태도이기 때문입니다. 레오 톨스토이는 그런 말을 했습니다. "거만한 사람은 자기가 완벽한 줄 안다. 이게 오만함의 가장 나쁜 점이다. 사람이 살아가며 해야 할 가장 주된 일을 이 착각이 방해하기 때문이다. 그 일은 바로, 더 나은 사람으로 거듭나는 일이다."

'최연소' 타이틀을 가진, 부서에서 가장 예쁘고 가장 영민한 공무원과 저는 사귄 적이 있습니다. 그 친구가 왜 공무원이 되었느냐는 제 질문에 그렇게 답했습니다. 자신의 부모님이 자영업을 하시는데 항상 어려웠다고, 그래서 자신은 안정을 갈망하여 절대 망하지 않을 기업, 정부에 취직했다고 했어요. 사정을 들으니 이해가 되었습니다. 우리는 뜨겁게 사랑했고, 결혼도 생각하게 되었어요. 저는 수입이 불안정한 예술가였고, 이 친구는 수입이 안정적인 공무원이어서 이성적으로도 상호보완적인 한 쌍이라고 생각되었습니다. 그런데 어느 날 친구가 없다는 이 친구의 유일한 친구와 나눈 메신저 대화를 보게 되었어요. 몰래 본 건 아니고, 같이 있는 자리에서 봤습니다. 그 대화가 충격적이었어요. 이 친구는 저를 대단한 부

죽어도 살자

잣집 자제로 알고서 저에게 접근하여, 저희 부모님을 이용하려는 섬뜩한 대화를 친구와 나누고 있었습니다. 당신의 인생을 희생하며 저를 키워 주신 부모님께 이 친구와의 결혼은 잘못하는 짓이라는 생각이 들었습니다. 영민한 그 친구에게 단단히 사랑에 빠져 있었는데, 그 행복한 시간을 슬프게 끝내야 했습니다.

지금 돌이켜 보니, 저는 수입이 불안정하기 때문에 더 세상의 변화에 신경을 곤두세우고 지금 시대의 사람들이 필요한 일을 찾아 그 일을 잘하도록 노력합니다. 무엇이든 될 수 있다는 가능성을 열어 두고, 예술가로서 캔버스만을 미디엄으로 여기지 않고 책을 포함한 제품, 영어수업 그리고 제 자신까지도 미디엄으로 여기며 삶을 살고 있습니다. 매달 일정한 날 일정한 수입이 들어오지 않기에 어쩌다 들어온 수입을 함부로 쓸 수 없습니다. 저에게 돈의 가치가 달라졌습니다. 인생은 한 번뿐이잖아요? 저는 시계를 이루는 하나의 톱니바퀴로 인생을 써 버리고 죽기보다는, 세상에 없던 아름다운 시계를 디자인하고 싶습니다. 세상을 더 나은 곳으로 만드는 멋진 일을 해낸 사람들은 공통적으로 이렇게 돈에 대한 개념이 새롭게 쓰이는 경험을 했다고 합니다.

The lower the lows, the higher the highs.

더 아래로 내려가 본 사람이 더 높이 오를 수 있다.

영화 〈기생충〉이 떠오르는 그 친구를 미워하지는 않습니다. 만나는 동안의 제 인생의 시간을 사랑으로 가득한 아름다운 시간으로 만들어 준 사람이니까요. (그리고 그녀는 깔끔하게 뒤끝 없이 떠나 주었습니다.) 결국 우리 모두는 이렇게 빠른 세월처럼 곧 죽게 될 테니까요. 이래도 죽고, 저래도 죽는데, 같은 운명을 품은 다른 사람을 비방할 이유가 있을까요? 그저 내 인생의 시간을 아름다운 시간으로 채우고, 내 시간이 소중한 만큼 다른 사람의 시간도 소중하게 존중하면 됩니다. 죽음이라는 운명을 가진 저 사람에게 따뜻한 웃음을 지어 주는 겁니다.

죽어도 살자

Circle of life: We are all connected
우리는 하나의 원

저희 동네 달맞이에 새로운 산책길이 생겼습니다. 해안가를 따라 있던 기찻길을 다시 꾸며 이보다 멋진 산책길이 우리나라에 또 있을까 합니다. 금세 입소문이 나서 많은 사람들이 찾아오는 관광지가 되었어요. 덕분에 저희 동네에는 없던 바이러스 확진자도 이곳에서 나왔습니다. 동네 주민인 저는 사람이 적은 시간에 이곳을 산책하는데, 입구에서 마주 오는 할아버지가 저를 보고도 부욱 방귀를 뀝니다. 불쾌했어요.

동물의 소화기관은 음식을 소화하며 부산물로 메탄가스를 만들어 내뿜습니다. 인간을 포함한 동물의 방귀에 들어 있는 물질이에요. 몸집이 엄청나게 컸던 공룡은 그 크기로 성장하고 유지하기 위해 굉장히 많은 양의 음식을 먹었다고 합니다. 동물은 먹은 만큼 배설하지요. 공룡이 뀐 방귀의 양도 어마어

마했을 것으로 추정됩니다. 그들이 배설한 메탄가스가 지금 인간이 배출하는 탄소처럼 온실가스로 작용해 지구온난화를 일으켰을 정도예요. 메탄은 탄소보다 60배가량 강력한 온실가스거든요. 지나치게 많이 먹는 걸 다른 사람들에게 보여 주고 다른 사람들도 똑같이 하게 만드는 먹방은 또 다른 기후변화의 원인입니다. 많이 먹을수록 많이 배설하니까요.

문제는 우리가 소화하며 만드는 방귀뿐만이 아닙니다. 우리가 먹기 위해 키우는 소와 새우를 비롯한 가축이 큰 문제입니다. 소고기나 새우만 한 번 덜 먹어도 일주일 치 자동차 운행을 안 한 것보다 더 많은 온실가스 배출을 줄일 수 있다고 합니다. 내가 소고기 한 덩이를 먹고 맛있음을 잠시 느끼기 위해 지구는 더 더워지는 것이지요. 지구가 더워질수록 탄소를 흡수해 자기 몸으로 만드는 나무들이 쉽게 불에 붙습니다. 그렇게 붙은 산불은 끄기가 쉽지 않지요. 숲이 타며 초대량의 탄소를 대기 중에 뿜어내고, 우리가 생존할 수 있는 생물생활권은 악순환에 들어갑니다. 나머지는 너무 끔찍하니까 이야기를 멈출게요.

나무는 그렇지만 자기밖에 모르는 인간이 생각하는 것보다 훨씬 중대한 존재입니다. 아스팔트로 덮인 도시가 태양의 열기를 머금고 더 뜨거워질 때, 나무가 많은 동네는 그 태양에너지를 자신의 생장에 사용하는 나무가 흡수하여 훨씬 시원합니다. 도시 열섬현상의 해결사는 바로 나무입니다.

지구는 작습니다. 지구라는 행성에서도 인간이 살 수 있는 공간은 그보다 작지요. 내가 한 선택이 충분히 인류 전체에 영향을 줍니다. 내가 소고기를 사 먹기 때문에 소고기를 만들어 판매하는 사람이 그 일을 하는 것이지요. 내가 소고기를 하루에 한 끼 먹을 것을, 한 달에 한 끼로 줄이면 그만큼 수요가 줄어들어 공급 또한 줄어들 것입니다. 내가 먹을 소를 키우기 위해 땅이 필요하고 소가 먹을 음식이 필요해요. 숲을 없애고 그 자리를 축산업이 대신 차지합니다.

제가 굳이 사 먹지 않는 것이 소고기입니다. 그렇게 좋아하던 피자도 한 달에 한 번으로 줄였다가 이제는 별로 좋아하지 않게 되어 그마저도 먹지 않습니다. 오히려 소화가 편해서 머리를 더 맑게 쓸 수 있는 견과류와 두유, 곡물로 만든 시리얼과 제가 직접 기르는 채소와 과일이 더 좋아졌습니다. 모두 나무열매지요. 한 번은 밤마다 어두운 침대 속에서 휴대폰을 몇 시간씩 보다가 안구암에 걸려 사망했다는 젊은 남자 기사를 보고는 겁이 나 루테인이 많이 들어 있다는 케일을 사 먹기 시작했는데, 케일이 너무 비싼 겁니다. 그래서 천 원에 케일 씨앗을 사다 집에 있는 화분에 심었더니 별로 신경 쓰지 않아도 배추처럼 거대한 케일을 갖게 되었어요. 잎을 뜯어 먹으면 또 새로운 잎이 생겨납니다. 제가 잎을 떼어 먹지 않아도 오래된 잎은 자연으로 돌아가고 새로운 잎을 피워 냅니다. 재생이지요. 식물이야말로 재탄생의 상징이 아닐까요?

제가 먹은 케일 속의 루테인은 지금 이 글을 쓰기 위해 화면을 바라보는 제 눈의 일부가 되어 있습니다. 이 글을 쓰며 뱉은 날숨에 들어 있는 이산화탄소는 저희 집 케일이 흡수하여 자신의 몸을 이루는 탄소가 되어요. 저는 커피도 직접 내려 마시는데, 여기서 나온 커피 찌꺼기가 훌륭한 거름이 됩니다. 사실 가장 자연적인 비료는 동물의 대소변이에요. 거기까진 저도 아직 도전하지 못했지만, 식물에 주는 물도 수돗물이 아니라 커피를 내리는 과정에서 생긴 찌꺼기 물이나 설거지 헹군 물을 줍니다. 잎에 쌓인 먼지를 씻기 위해 샤워할 때 화분을 데리고 들어가기도 해요(주택에 산다면 비가 올 때 밖에 내놓으면 가장 자연적이겠네요. 저는 세차를 그렇게 합니다. 비 오면 비를 맞히고, 주차장으로 들어와 물기를 닦죠. 세차 끝). 화분이 좀 많은데 이 많은 화분에 물을 주기에 이 2차 용수로 충분합니다. 어느 나라들에서는 농업용수(화분에 주는 물)와 세차용수를 수돗물로 사용하는 걸 법으로 제한합니다. 지구상의 마실 수 있는 물은 유한하지요. 이 물은 지구 안에서 돌고 돕니다. 내 몸에 있는 물은 바다에 있던 물이 비가 되어 지상에 내린 물이지요(그래서 빗물엔 미세 플라스틱이 있습니다). 내 차를 세차하고 나오는 시꺼먼 구정물을 하수도에 버리면 그 물이 다시 내가 마시는 상수도로 돌아옵니다. 아무 데나 버리는 담배꽁초도 생분해가 되지 않아 하수구와 강물로 들어가 우리가 마시는 물로 되돌아오지요.

The circle of life connects all living things.
살아 있는 모든 것은 생명의 순환고리로 연결된다.

우리는 모두 하나의 원으로 연결되어 있습니다. 마주 오는 사람이 뀐 방귀는 내가 들이마시게 되지요. 오래된 약을 변기통에 버렸다면, 그 물이 강물로 흘러 들어가고 바다로 가 바다 생물이 그 약물을 먹고 그게 다시 우리가 먹는 해산물로 되돌아옵니다. 나무는 동물이 필요한 열매를 제공하고, 그 열매를 먹은 동물은 씨앗을 배설하여 그 양분과 함께 새로운 나무가 탄생합니다. 이것이 생명의 순환circle of life이에요. 지금 내 몸을 이루는 원자는 지구상에 순환되는 원자입니다. 죽은 생명을 이루던 원자는 살아 있는 생명을 이루는 원자가 됩니다. 우리는 항상 같은 몸을 갖고 있는 것 같지만, 우리 몸은 뱀처럼 끊임없이 허물을 벗으며 새살을 만들어 내고 있지요. 이 자연의 원리를 깨달으셨다면 이제 함부로 쓰레기를 버리거나 소고기를 사 먹거나 지나치게 이기적인 여행은 하지 않으실 겁니다. 지구에 공존하는 타인을 배려하는 사람은 세계의 시민입니다.

죽어도 살자

Dostoevsky's legacy
도스토옙스키의 마지막 유산

　문학작품으로 인류에 멋진 유산을 남긴 도스토옙스키는 폐출혈로 60세의 나이에 임종하며 자식들에게 남기는 유산으로서 성경에 나오는 탕자의 비유를 읽어 주라는 말을 남기고 육신의 죽음을 맞습니다. 탕자의 비유는 이러합니다.

　한 남자에겐 두 아들이 있습니다. 그중 둘째 아들은 아버지가 얼른 돌아가셔서 유산을 상속받기를 원했고, 이를 기다리지 못해 아버지에게 재산의 일부를 당장 주기를 요구합니다. 그리고 아버지는 그를 들어주지요. 재산을 둘로 나눠 두 아들에게 나누어 줍니다. 유산을 받은 둘째 아들은 그를 받자마자 먼 나라로 여행을 가 화려한 삶을 즐깁니다. 술을 마시고, 도박도 하고, 매춘부와 잠을 자며 방탕한 생활을 합니다. 이내 물려받은 유산을 모두 탕진하고 말지요. 엎친 데 덮친 격으로 기근까지 와 둘째 아들은 극심하게 가난해집니다. 결국 그는 돼지를 보는 천한 노동을 하게 됩니다. 너무 배고픈 그는 돼지가 먹는 음식까지 탐하게 되지요.

이때 둘째 아들은 생각합니다. 자신의 아버지가 가진 노예들은 충분한 음식이 있는데 정작 그런 아버지의 아들인 자신은 이렇게 굶어 죽어 가고 있는 모습에 한탄해요. 그래서 둘째 아들은 아버지에게 찾아가 자신의 죄를 인정하고 용서를 구하기로 합니다. 자신을 아버지의 노예로 써 달라 하기로 마음을 먹지요. 그리고는 아버지에게 찾아갑니다.

그가 도착하기 한참 멀리에서 그런 둘째 아들을 본 아버지는 거지꼴의 아들에게 달려가 끌어안고 입을 맞춥니다. 아버지는 아들이 돌아오기를 기다리셨던 것 같습니다. 둘째 아들이 자신이 마음먹은 말을 하려고 입을 열었고, 이 말이 끝나기도 전에 아버지는 주저 없이 아들을 받아들입니다. 노예를 시켜 아들에게 가장 좋은 옷과 반지, 신발을 신겨 주고 가장 귀한 음식을 대접하며 아들의 귀환을 경축합니다.

죽음을 맞이하는 도스토옙스키는 자신의 인생을 되돌아보며 그의 삶이 탕자의 삶과 같다고 비유한 것 같습니다. 그도 도박을 좋아했거든요. 죄와 참회 그리고 용서로 이루어진 이

죽어도 살자

이야기는 삶의 시간이 아직 남아 있는 자식들이 자신처럼 후회하는 삶을 살지 말고 더 현명하게 살라는 훌륭한 유산입니다. 이 이야기는 또한 도스토옙스키만의 삶의 의미meaning of life로 보여지고, 그의 작품이 전하는 메시지이기도 합니다. 탕자의 비유에 나오는 '아버지'는 신이라고 할 수 있습니다. 신이란 존재는 누군가에겐 하느님이나 하나님이고, 누군가에겐 자연이지요(500년 전 살았던 레오나르도 다빈치에게 '신'은 자연이었습니다). 그는 죽음을 맞으며 자연으로 돌아가 용서를 비는 것 같습니다. 《영어책 : THE BOOK OF ENGLISH》 286쪽에는 이런 말이 있습니다.

Be careful to leave your kids well educated rather than rich, for the hopes of the educated are better than the wealth of the ignorant.

자식들에게 돈보다는 좋은 교육을 남기도록 하라. 잘 교육받은 사람의 희망은 무지한 자의 돈보다 더 훌륭하니까.

어려서 육체노동을 해 번 큰돈으로 저는 첫 차를 샀습니다. 시급 3천 원을 모아 번 200만 원짜리 귀여운 스쿠터였어요. 유학을 다녀와 대기업에 입사한 제 소꿉친구는 신용으로 풀옵션 외제 차를 샀지요. 그도 모자라 빚을 지고 단타day-trading라는 주식을 가장한 도박을 합니다. 그 친구는 지금

별다른 계획 없이 회사를 그만두고 수억 원의 빚을 안고 있습니다. 10년을 타겠다고 사서 항상 고급유를 넣으며 애지중지한 차마저도 생활비를 위해 얼마 전 팔았지요. 미성숙했던 제가 힘들게 번 돈을 쾌락과 욕망에 써 버린 것을 저는 후회합니다. 물론 도박에는 근처에도 가지 않아서, 개인 이동 수단은 잔존가치라도 있으니 되팔 수 있어 다행이었지요. 저는 전역 후 우울하다는 핑계로 매일 술을 마셨는데, 술에 탕진한 돈이 지금 너무 아깝습니다.

우리는 처음 해 보는 인생이라는 것을 미성숙하고 무지한 상태로 시작합니다. 경험과 교육을 통해 성숙해지고 지혜로워지지요. 제가 차를 산 그 돈을 그때 당장의 즐거움에 소비하기보다는 오랫동안 성장할 기업에 투자했다면 어땠을까요? (그 후 15년 동안 주가가 엄청나게 올랐습니다. 복리의 법칙을 알기만 하지 않고 제 삶에 적용했다면 전 지금 걱정 없는 삶을 누리고 있을 거예요.) 그런 '실패'를 우린 경험이라고 부릅니다. 그 경험에 들인 비용을 '수업료'라고 부르지요. 당신은 내가 얼마나 큰 수업료를 지불했는지 알고 싶지 않을 겁니다. (커흑) 진정한 부는 하고 싶지 않은 일을 하지 않을 수 있는 자유입니다.

죽음의 순간에 자신의 잘못을 인정하고 이를 부끄러워하며

뉘우친 도스토옙스키의 장례식에는 오만 명 이상의 조문객이
다녀갔다고 합니다.

Seen from afar, everything looks small
광활한 우주의 사소한 우리네 삶

저 멀리 우주에서 지구를 바라보는 경험을 한 우주인들은 구슬 같은 지구를 보며 같은 경험을 했다고 하나같이 말합니다. 그 경험은 초월의 경험이래요. 이 경험은 종교적 승화의 경험과도 매우 닮았다고 합니다.

학교를 자퇴하고도 저는 한동안 논술학원을 계속 다녔습니다. 다만 이동 수단이 달라졌을 뿐이었죠. 지하철을 타고 한참을 가는 곳을, 제가 벌어 산 스쿠터로 다녔습니다. 학원에 오는 친구들은 야자까지 학교를 마치고 와서, 수업은 밤늦게 시작했어요. 자정에야 저는 혼자 밤길을 달려 집으로 왔죠. 그러던 어느 밤 도로에서 본 커다란 금빛의 달을 저는 기억합니다. 지표면 가까이 낮게 뜬 그 달은, 달이 내 눈앞에 떠 있는 듯 커다랬습니다. 달을 향해 정면으로 스쿠터를 타고 달려

죽어도 살자

가며, 저는 달을 향해 우주를 날아가는 것 같았어요.

저는 여전히 별을 올려다봅니다. 새벽 서너 시에 지는 달을 바라보며 새벽 시간을 보내기도 해요. 별을 보면 내가 보입니다. 이 광활한 우주에 나라는 작은 존재가 보이지요. 내가 겪는 이 큼직한 일들이 그렇게 작아 보일 수가 없어요. 티브이 속 시끄러운 세상 이야기가 이 우주 속에서 고요해집니다.

별들에게 물었습니다. 인생의 의미가 무어냐고요. 별들은 아무 말이 없었죠. 그랬어요. 존재에는 의미가 없습니다.

사람은 이 우주라는 자연 속에서, 사랑이라는 환상을 만들고, 꿈을 꾸며, 목표를 만들고, 필요를 만들며, 할 일을 만듭니다. 이는 저 고요한 우주가 시켜서 하는 일이 아니에요. 사람이 스스로 만들어 낸 일들입니다. 오늘 내가 해야 될 일도, 영화 속 이야기도, 존재라는 허무함에서 우리의 시선을 돌려주지요. 살아 있는 우리는 끊임없이 무언가에 마음을 쏟아야 합니다. 그를 멈추면 존재의 덧없음이 우리를 엄습하니까요.

존재는 허무한 것입니다. 우리는 태어나고, 우리는 죽지요. 그 사이엔 존재라는 시간이 있고, 우린 그를 삶이라고 부릅니다. 이 중간의 시간이 의미 있으려면, 우리는 우리의 삶에 의미를 만들어 주면 되지요. 시간의 중심에 내가 있습니다. 내 삶의 의미는 내가 만들어 주는 것입니다.

나의 존재의 시간은, 나의 삶은, 고로 내가 만드는 것입니다. 생각하는 대로 사람은 됩니다. 내 상상의 한계가, 내 신념의 한계가, 내 삶의 한계이며, 내 존재의 한계입니다.

십 년의 시간이 흐른 뒤 유학에서 다녀와 제가 다니던 학원을 찾았습니다. 선생님께서 감사히도 그동안 저를 지켜봐 주셨거든요. 십 년 전의 저처럼 책상에 앉아 있는 학생들에게 제가 물었어요. "여러분의 꿈은 무엇인가요?" 그랬더니 각 학교에서 가장 공부를 잘하는 학생들만 모이는 그 학원에서, 누구도 제 질문에 대답하지 못했습니다. 수줍었던 걸까요? 아니면 그 공부가 그저 별생각 없이 해야 해서 하는 일이어서 그랬을까요?

삶의 본질이 허무함을 이제 깨달았습니다. 그렇지만 삶이 찬란할 수 있음 또한 깨달았지요. 이는 정신적 삶과 죽음인 것 같습니다. 세상은 그대로인데, 그를 비추는 빛과 내게 보이지 않게 하는 어둠이지요. 내 삶을 허무하게 생각하면 내 삶은 허무한 것이고, 살아 있어도 죽은 것이고, 어두운 삶입니다. 내 삶을 그러나 찬란하게 여기면, 내 삶은 꿈같은 삶이고, 꿈을

죽어도 살자

이루는 삶이며, 죽어도 살아 있는 삶입니다. 별처럼 빛나는 삶은, 죽어서도 별이 되는 것 같아요.

존재에는 의미가 없습니다. 그러나 인간은 자신의 존재에 의미를 만들고 삶의 아름다움을 발견할 수 있는 신비를 품었어요. 우리가 우주라는 영원으로 돌아갈 때 우주는 우리를 경탄으로 받아들일 것입니다. 우리가 그저 존재만 하지 않았음에, 삶의 목적을 찾아 그를 위해 살았음에, 그로 인해 생명에 의미를 담은 아름다움을 창조해 냈음에, 우주는 우리를 경이로이 여길 거예요. 우리는 이 무한한 우주에서 사소한 미물에 불과하지만, 우리의 존재는 별처럼 아름다울 수 있음에 이 생명을 감사하고 살아갑니다. 별들이 서로의 중력으로 촘촘히 연결되어 하나의 은하계를 이루듯, 인간은 서로 영향을 주고받으며 하나의 세계를 이루어요. 우리 세계는 은하계와 마찬가지로 조화와 균형을 잃으면 파괴되고 말 겁니다. 그래서 우리는 오만을 경계해야 해요. 교육의 목적은 인간의 한계를 깨닫기 위함입니다. 그 한계는 사랑으로 극복할 수 있지요.

Death is yet the beginning of another journey
죽음은 새로운 여정이다

 특히 입술이 예쁜 젊은 여인이었던 저희 할머니는 남편을 일찍 여의고 남은 자식들만을 위해 새벽 밭일을 하셨습니다. 제 기억에 꽤 넓은 땅을 혼자서 일구셨어요. 여느 날처럼 새벽일을 하고 집에 들어오셔서서 아침에 시원한 막걸리를 들이켜시다가 너무 급하게 들이켠 막걸리가 기도를 막는 바람에 할머니는 그만 돌아가셨습니다. 사랑과 정이 많아 가족을 위해 당신의 인생을 헌신하신 분이셔요. 젊은 나이에도 밭일을 많이 하셔서 피부가 늙고 허리가 굽으신 할머니에게 죽음은 그렇게 아무 일이 아닌 듯 찾아왔어요.

 삶에 대한 열정이 가득했던 어느 건축가는 전통을 파괴하지 않고서 다양한 분야를 융합해 자신만의 독특한 스타일로 기존의 건축양식을 새롭게 하는 작업으로 세상 어느 건물과도

죽어도 살자

다른 건축물들을 탄생시켰습니다. 자연의 디자인을 닮은 그의 창조물은 스페인 바르셀로나를 성지로 만들었지요. 그가 미완성으로 남긴 사그라다 파밀리아는 불법건축물임에도 불구하고 후세 사람들의 인생을 바치는 노력으로 100년이 지난 지금까지 건축이 진행되고 있습니다(그렇지만 그는 미켈란젤로가 그러했듯 호감형의 사람은 아니었어요. 거칠었고 일생을 자신의 창작에 바친 채 평생 독신으로 살았습니다). 누구에게도 견줄 수 없이 독특한 건축물을 여럿 창조한 안토니 가우디는 노년에 누더기 같은 옷을 입고 머리와 수염을 아무렇게나 기른 누추한 행색으로(정신이 충만한content 사람들은 겉모습에 신경을 쓰지 않는 것 같아요) 스페인 거리를 걸어 성당에 기도를 하러 가다가 트램에 치이고 맙니다. 지나는 사람들은 웬 거지가 길바닥에 앉아 있는 줄 알고 지나쳤지요. 결국 어떤 마음 따뜻한 행인이 그를 택시에 태워 병원으로 옮겼지만, 그는 겨우 기본적인 치료만 받았습니다. 사고 직후 병원으로 옮겨져 필요한 응급치료를 받지 못한 가우디는 병세가 악화되어 사고 3일 만에 먼지 같은 죽음을 맞습니다.

어제까지 같이 일을 하던 프로듀서님이 앞으로 영영 이야기를 나눌 수 없는 사람이 되었다는 소식을 들었을 때도 저희 동네는 너무나 평화로웠습니다. 그분은 저희 집 길 건너 아파트에 사셨음에도, 그의 죽음은 고요한 일상처럼 일어났지요. 그분의 아파트와 저희 집 사이에 장례식장이 있는데, 바로 그곳에서 시신을 화장했다는 소식만 전해 들었어요. 그분의 육신은 연기가 되어, 그날 제가 마신 공기 중에 그분의 일부가 있었는지도 모릅니다.

죽음은 일상입니다. 탄생도 일상에서 일어나지요. 제가 일했던 어느 부서에서는 정말로 모든 직원이 갑자기 임신을 해서 결혼을 했습니다. 다들 조용히 일과를 보내고 퇴근하여 무얼 했는지, 사귀는지도 몰랐던 직원들끼리 임신하여 결혼을 했어요. 생명은 그렇게 쉽게 만들어지곤 합니다. 죽음도 특별하지 않게 일어나지요.

우리가 지금 몸담고 있는 이 육신도 어쩌면 그저 하나의 여정인지도 모르겠습니다. 예전에 읽은 어떤 흥미로운 책은 영혼의 영원성을 다뤘어요. 그 책은 여러 가지 실제 일어난 일들을 소개했는데, 그중 하나는 이렇습니다. 일본에서 태어난 어떤 이는 어려서부터 영어를 좋아했고, 영문화에 직관적인 끌림을 느꼈다고 합니다. 가족 중에 누구도 영어를 잘하는 사람이 없는데 그 사람은 신기하게도 쉽게 영어를 잘했어요. 그는 나중에 결국 자신이 더 편하게 느끼는 영문화에서 살게 됩니다. 그리고 그는 군대와 관련한 물건들에 특별한 감정을 느꼈다고 해요. 그런데 그가 어머니의 배 속에 있을 때 일본은 전

죽어도 살자

쟁 중이었고, 그의 집 근처에 영국군 전투기가 추락하여 그 조종사가 즉사했다고 합니다. 과학적으로 증명하기는 어렵지만, 그렇게 죽은 육신의 영혼이 근처의 태아 육신에 깃든 것 같다고 생각할 수 있는 사례예요.

이 책이 흥미로웠던 이유는 저도 그런 느낌을 느끼며 살아왔기 때문입니다. 저는 어려서부터 금색을 무척 좋아했어요. 스물한 살이 되었을 때 우연히 양두독수리 상징을 보았고, 제 안의 특별한 직관적 끌림에 이끌려 이 상징을 이성적으로 알아보지도 않고 제 가슴 정중앙에 타투를 했습니다. 나중에야 이 상징에 대해 알아보았는데, 이 상징은 제가 이름을 그곳에서 따와 지을 만큼 끌림을 느끼는 로마제국의 상징이었고, 그로부터 더 시대를 거슬러 올라가 비잔틴제국의 상징이었습니다. 그저 좋아서 수집했던 오래된 금빛의 물건들은 신기하게도 모두 비잔틴제국의 스타일이었어요. 금빛을 본능적으로 좋아한 이유는 금이 좋아서가 아니라 비잔틴제국의 스타일을 좋아해서였습니다. 제가 포토그래퍼로서 성공을 하게 해 줬던 저만의 시각적인 스타일도, 제가 어찌 의식적으로 의도할 수 있는 것이 아닙니다. 그저 본능에 이끌려 이렇게 만들어야만 만족을 느낍니다. 미디엄을 바꿔 오일페인팅을 해도, 저의 사진을 아는 사람들은 제 페인팅도 사진과 느낌이 같다고 해요. 페인팅에 금을 쓰는 개인적인 이유도 이것입니다. 캔버스에 몇 달을 공들여 대리석 가루로 양각을 조각한 뒤 금박을 올리면, 그 금빛에 황홀한 카타르시스를 느낍니다. 제 첫 책도 표지를 제가 디자인했는데, 프랑스인 갤러리스트 친구는 그 표지도 그냥 아우레오 같다고 하더군요. 제가 호주에 갔을 때는 영문화가 집에 온 듯 편안했습니다. 죄송해요, 저는 이 영문화를 우리나라 사람들에게 알리려고 노력하지만 제가 타고난 부분도 없지 않은 것 같네요. 어찌 됐든, 저는 제 영혼이 전생에 비잔틴제국에 살았다는 확신이 있습니다. 말 타는 전사였던 것 같아요.

이렇게 보면 죽음은 두려워할 것이 아닌 것 같습니다. 죽음은 그저 새로운 여정의 시작일 뿐일지도 모르지요. 살아 있는 사람은 아무도 알 수 없는 이 사후세계에 대한 추측에 확신을 주는 것이 종교입니다. 하지만 세상에 종교는 많고 어느 종교가 다른 종교보다 더 옳다고 여기기 어렵지요. 미술이나 패션을 아주 좋아하는 사람들은 대부분 종교가 없습니다(교회 십자가가 세계 어느 곳보다도 많은 우리나라의 특수성을 제하고요. – 우리나라는 이성보다 직관이 발달한 문화입니다). 그런 미술애호가들도 미술을 대하는 태도는 종교적입니다. 종교적 물건을 대하듯 미술품을 대하고, 교회에 가듯 미술관에 갑니다.

이 책은 누구나 읽기 쉽도록 에세이라는 형식으로 썼지만,

그 안의 사상은 인류에게 가장 깊은 주제에 관한 것입니다. 죽음이니까요. 죽음에 대한 생각을 쓰며, 신기하게도 삶에 빛이 비쳤습니다. 삶은 사랑으로 이루어졌지요. 이는 자연의 양면성 때문인 것 같습니다. 힘듦을 정면으로 마주하고 그에 나를 온전히 담가 보면, 이겨 냄을 얻어 나오실 수 있을 거예요. 《영어책 : THE BOOK OF ENGLISH》에 영어에 대한 모든 스펙트럼을 하나의 책으로 융합하려고 했듯, 이 이야기책도 죽음에 대한 스펙트럼을 다 담고자 애썼습니다. 그렇다고 죽음에 대한, 장례에 대한, 사후세계에 대한 확답을 드릴 수는 없습니다. 이 글을 읽는 우리는 그 누구도 이를 경험해 보고 확인해 보지 못했으니까요(물론 죽었다 살아나 삶의 태도가 달라진 사람들은 있겠지요).

무거운 주제지만 최대한 가벼운 마음으로 임하고자 했습니다. 에세이니까요. 표지디자인도 이번에는 제가 아트디렉팅만 하고 우로보로스 그림과 표지 글씨는 그 작업에 가장 적합한 사람들에게 맡겼지요. 힘을 뺐습니다. 제가 힘을 빼게 도와주신 타투이스트 지화 님과 저의 최연소 제자 강초록 씨에게 고마워요. 뱀 그림의 대가와 순수한 영혼이 만나 아름다움을 창조해 냈네요. 글씨는 영어수업 중에 그냥 즉흥적으로 초록 씨가 제 공책에 연필로 쓴 가장 첫 글씨(책 제목)와 가장 마지막 글씨(저자명)입니다. 시작과 끝, 우로보로스와 잘 어울리는 의미이지 않나요? 초록 씨는 자신의 글씨를 책 표지에 사용하길 허락해 주셨어요.

죽는 순간 후회가 없도록, 살아 있는 이 순간이 만족스럽도록 삶을 살기 위해 당신은 이 책을 지금까지 읽어 오셨습니다. 그렇지만 죽음을 대하는 태도는 슬프거나 무겁거나 진지할 필요는 없을 것 같아요. 시작이 있는 모든 것엔 끝이 있기 마련이니까요. 우리의 우주도 시작이 있었고, 우주마저도 끝을 맞이할 것입니다. 죽음은 그저 이 생의 끝일 뿐일지도 모르겠습니다. 사랑하면 키스하듯, 태어난 생명은 죽음을 맞죠. 자연스러운 일입니다. 지금 내 영혼이 몸담은 이 육신의 끝에는 새로운 시작이 있을 수도 있겠어요. 그렇지만 스스로 이 육신의 생을 끊는다면, 그 행동은 나를 사랑하는 사람들이 평생 안고 살아갈 지리멸렬한 상처가 될 겁니다. 우리는 서로 연결된 하나의 존재이니까요.

우리는 별의 물질에서 태어나, 별의 물질로 돌아갑니다. 우리가 세상에서 반짝이는 이 삶이라는 시간 동안 의미를 만들고, 다시 우주라는 영원으로 돌아갑니다. 우리는 사랑의 기억을 품고 되돌아가겠지요. 피어난 장미는 시들기 마련이듯, 자연적 죽음은 두렵지 않아요. 이 삶에서 항구적인 만족을 느끼고 싶을 뿐입니다. 그 상태가 행복이니까요. 바야흐로 세상에

죽어도 살자

태어나 삶의 기개를 펼칠 만족을 느끼기 전에 죽으면, 좀 아쉬울 것 같아요. 목적이 없는 삶은 무의미한 삶일 테니까요. 삶과 죽음에 의미가 있을 때 그 삶과 그 죽음은 아름다운 것 같아요. 의미만이 나의 존재를 아름답게 합니다. 위대한 죽음은 위대한 대의를 위한 삶의 죽음입니다. 그래서 전 속으로 되뇝니다.

죽어도 살자.

No one wants to die. Even people who want to go to

Heaven don't want to die to get there.

And yet death is the destination we all share

천국에 가고 싶은 사람도

죽어서 천국에 가고 싶지는 않다

스티브 잡스가 한 말이다. 그리고 죽음의 고비에서 살아 돌아온 그는 이 말도 했다.

Life is fragile.

생명은 연약하다는 말이지만, 인간은 나약하다는 말로도 들린다.

당신과 나처럼 그도 불완전한 인간이었지만, 그가 만드는데 영향을 준 물건과 회사는 이 세상을 살아가는 모두의 삶에 영향을 끼쳤다. 아이팟은 음악계를 바꿨고, 아이폰을 낳았다. 아이폰은 세상을 너무나 크게 바꿨다. 카카오톡도 아이폰에 감명을 받아 만들어졌다.

우리의 육신은 영원히 살지 않지만, 인간의 정신은 그 필멸의 존재를 뛰어넘을 수 있을 만큼 강력하다. '천재'적인 업적을 이루어 낸 사람들은 자신의 임무에 미친 수준의 '집중'을 한 사람들이다.

그들도 사람이었기에 그런 업적을 이루어 내면서도 동시에 겸손하는 건 실패했다. 그들은 하나같이 오만했다. 미켈란젤로가 그랬고, 도스토옙스키가 그랬고, 가우디가 그랬고, 잡스가 그랬다. 그들은 훈남은 아니었다. 그들은 괴팍했다.

그럼에도 그들이 업적을 이룰 수 있었던 이유는, 그 괴팍함을 포용tolerance해 준 사람들이 있었기 때문이다. 일반적인 사람들과는 매우 다르고 무례했지만, 그럼에도 그런 사람과 상대해 준 사람들이 있었기에 인류는 그런 천재적인 역량의 혜택을 받고 있다. 지금 사그라다 파밀리아를 짓고 있는 사람들은 가우디와는 전혀 관련이 없는 사람들이다. 가족도 아니고 심지어 같은 민족도 아니다. 그저 가우디가 제시한 비전에 동의하는 사람들이다.

Jesus Christ라는 사람은 그보다는 겸손한 사람이었다. 젊었던 그는 훈훈한 외모에 사람들의 주의를 끄는 카리스마를 지닌 'go-lucky pretty boy'였다. 그의 비전을 믿은 열두 사람은 그를 따랐고, 그를 도왔다. 한 명은 배신했지만, 후세의 사람들은 그의 비전을 위해 책을 썼고 오랜 세월 많은 사람들의 손을 거쳐 더욱 정교해졌다. 그게 성경이다. 그런 점에서 성경은 사그라다 파밀리아와 닮았다.

난 나의 최후를 알지 못한다. 내가 어디로 가고 어디까지 갈 수 있는지 나도 알지 못한다. 다만 지금까지의 경험과 교육에 미루어, 이성이 아니라고 말해도 직관의 끌림을 믿고 가도 인생은 알아서 잘 풀린다는 것은 안다(인간은 나약해서 인간이 안다고 생각하는 범위는 직관이 아는 범위를 능가하지 못한다). 이성과 상황이 아니라고 말했지만 무작정 호주로 갔더니 내 영혼의 본질을 깨달을 수 있었다. 직관을 믿고 무작정 가슴에 어떤 상징을 타투했더니 그게 내가 왜 나 같은 성격과 취향을 가진 사람인지 깨닫는 단서가 되었다. 나라는 사람은 이 하나의 상징으로 함축된다.

그리고 무엇보다도, 나 또한 죽을 것이란 것을 안다.

나는 살면서 수많은 선택을 했지만, 이 하나만은 내가 선택할 수 있는 것이 아님을 안다. 죽음. 태어남이 내 선택이 아니었듯, 죽음 또한 내 선택이 아니다.

인생은 어차피 혼자 살아 내야 하지만, 수많은 타인이 없다면 나는 결코 살아남을 수 없다. 인간 혼자서는 나약한 존재다. 그러나 인간은 여럿이 뭉치면 강력한 존재다. 현실의 축소판인 롤플레잉 게임을 해 보면, 고렙들이 그룹을 이루어 각개전투를 하는 팀은 십중팔구 진다. 반면 저렙들이 서로 배려하며 하나로 뭉쳐 움직이는 팀은 신기하게도 전투에서 승리한다. 그런 팀은 자신보다 레벨이 높은 사람이 팀을 위해 능력을 발휘하도록 전설의 아이템을 양보하고, 언어적 소통을 하지 않더라도 다른 사람이 가려는 길을 따라가는 데 적극적이다

(그런데 팀에 단 한 명의 이기적인 사람이 있으면 그 팀 전체를 몰살한다). 그리하여 팀은 하나로 움직이고, 리더가 이끄는 대로 움직이는 팀은 마지막까지 죽지 않고 살아남는다. 고로 승리한다.

우리 문화에 절실하게 부재한 요소는 '존중'이다. 우리에겐 껍데기 예의만 있을 뿐, 타인을 존중하지 않는다. 말을 놓는 순간 타인을 막 대한다. 몇 년 일찍 태어났니 늦게 태어났니 하며 유치한 서열을 정한다. 존중은 별과 별 사이의 거리와 같다. 서로 끌어당기는 힘이 균형을 이루어야만 은하계가 충돌하지 않고 유지한다. 우리는 별이다. 같은 시간에 살아 있는 별이다. 영어엔 당초에 존댓말이 없다. 영문화는 서로를 존중한다. 그래서 살기 좋다.

요컨대 내가 살고 싶지 않은 이유는 이것이다. 화석연료와 플라스틱 사용, 도가 지나친 축산업으로 인류는 지금 자멸을 자초하고 있다. 인류에게 앞으로의 100년은 종족 생존의 위기다. 팬데믹으로 죽은 500만 명 이상의 사람들과, 살아남은 우리가 겪은 매일 마스크를 써야 하는 불편과 해외여행을 하지 못하는 제약은 예고편에 불과하다. 대기 온도가 더 올라가면 산불이 더 자주 나 세상은 더 빠르게 뜨거워질 것이고, 높은 온도에 물이 반응할 것이다. 산 위의 얼음이 녹고 바닷물이 팽창해 물가에 몰려 사는 인간의 생활 터전을 잠기게 할 것이고, 바닷물이 증발해 비와 바람이 되어 인간의 생활 터전을 휩

쓸 것이다.

Biblical ending.

어쩌면 성경의 홍수는 우리가 살아 있는 동안 실화가 될지도 모르겠다. 우리라는 인류가 마지막까지 죽지 않고 살아남기 위해, 우리는 개개인이 하나의 팀으로 뭉쳐 움직여야 한다. 지금 우리의 선택에 달렸다.

Tolerance and sympathy.

그 선택은, 다름을 포용하고 다른 개체의 감정을 느끼는 것이다. 나는 지금 인간 개개인의 삶이 아니라, 인류 전체의 궁극적 생존을 말하고 있다. 지구상의 기나긴 역사 속에서 인간의 역사는 태풍 앞 촛불과 같다. 우리는 켜진 지 얼마 되지 않은 불꽃이고, 위태로운 불꽃이다.

그렇지만 이 책을 읽은 당신은 이제 그 방법을 안다. 꺼지지 않는 촛불이 되기 위해, 우리는 성별과, 나이와, 민족과, 종교와, 문화를 뛰어넘어 인간이라는 하나의 종족으로 함께 배려하며 살아야 한다. 죽음이라는 종착지를 향해 날아가는 게 인생이라는 비행기니까. 당신은 이 비행기가 불에 타거나, 플라스틱 쓰레기에 가득 차거나, 전기를 만들기 위해 석탄을 태워 공기를 미세먼지로 가득 메우길 원치 않는다. 나라도 플라스틱을 안 쓰고 고기를 덜 먹는 선택을 할 수 있는 당신은 존재 자체로 희망이다.

The destiny of humanity is dependent on you. You are the hope of humanity. What we do today determines where we end up being—heaven or hell. Heaven is the liveable Earth now. Hell is Earth under great flood which removes us all and our history. Nature has a mysterious ability to restore balance. Our hope is to turn it for us, not against us.

인류의 운명이 당신에게 달렸다. 당신은 인류의 희망이다. 오늘 우리의 선택이 우리의 운명을 결정한다. ― 천국이냐 지옥이냐. 천국은 살아 있을 수 있는 지금 우리의 지구다. 지옥은 우리와 우리의 역사를 몰살하는 대홍수에 덮인 지구다. 자연은 균형을 바로잡는 신비로운 능력을 지녔다. 우리의 희망은 이 능력이 우리를 없애는 데 쓰이는 게 아니라, 우리를 위해서 쓰이도록 자연의 균형을 존중하는 것이다.

감사의 글

에세이라는 장르를 읽지 않는 제게 에세이를 써 보라고 권유해 주신 허성조 님이 계시지 않았다면 이 책은 탄생하지 않았을 것입니다. 영어 잘하는 아티스트인 줄만 알았던 제가 에세이를 연재한다고 했을 때, 그저 저를 믿고 〈레오쎄이〉를 구독해 주신 오래 님들께 감사드립니다. 특히 김지홍 님께서는 책의 뒤표지에 들어갈 글을 써 주셨어요. 이 에세이의 모든 편에 진정성 가득한 – 때로는 한 편의 답장에 2박 3일을 쓰실 정도로 – 이야기를 보내 주신 김지홍 님께 이 책의 소개 글을 부탁드린 일은 완벽한 선택이었습니다. 더불어 이로운 선생님, 김현슬 님, 이슬아 님, 박혜민 님, 양지형 님, 이정선 님, 김유정 님, 정예슬 님, 한다희 님, 이지민 님, 이경원 님, 이현경 님 고맙습니다.

작가 개인으로서 부탁드린 책 표지 그림을 대단히 유명하시고 바쁘신 지화 님께서 많은 고민과 정성으로 그려 주셔서 감격스러운 감사를 전합니다. 글을 읽어 보시지도 않았음에도 이 책에 딱 맞는 얼굴을 창조해 주신 지화 님의 비현실적인 재능은 이 책으로 위로받으실 분들의 마음속에 하나의 선명한 상징으로 영원히 남을 것입니다. 이 그림을 처음 보는 순간 저는 영원히 반하고 말았고, 이 상징은 제 연약한 심장에 타투되었으니까요. 지화 님의 말씀처럼, "장미는 영원한 사랑을 뜻하는 꽃이에요. 이보다 더 완벽한 꽃말을 가진 꽃은 흔하지 않다고 생각해요." 3개의 장미는 영원한 사랑을, 아직 피지 않은 하나의 꽃봉오리는 불멸의 희망을 뜻하는 것 같네요. 뱀과 장미의 결합이 수학의 황금비율 ϕ로 보입니다. 제가 받은 그림 파일을 확대해 보면 바늘 3개나 5개 이상으로 작업을 하는 외국 타투이스트들과는 달리 단 하나의 바늘로 극도로 섬세하게 작업하시는 지화 님의 믿을 수 없는 저세상 예술혼이 눈에 선히 보입니다. 손재주와 미적 감각은 한국인이 세계 최고입니다. 당신과 같은 한국인이어서 자랑스럽습니다.

수줍음 많은 사춘기 소녀로 만난 강초록 님은 제가 요즘 생명력을 상징하는 초록색에 빠져 있는 걸 아는지 모르는지, 초록 님 어머님께서 제 광고 글을 한 편 보시고 저를 신뢰하시어 제 삶에 들어오게 되었습니다. 지하철로 15분이 넘어가면 너무 먼 거리로 여겨 평생 집 주변에서만 생활해 온 저는 그 믿음이 감사하여 왕복 네 시간 거리인 초록 님 동네까지 매주 찾아갔어요. 세 번의 수업 만에 우리는 마음이 통해 이렇게 초록 님의 순수함이 불멸화된 손글씨를 책 제목과 저자 이름으로 이 책에 새길 수 있었습니다. 초록 님이 행복한 어른이 되어 삶을 강한 생명력으로 살기를 레오는 기도합니다. 저와 함께 수능영어 따위는 만점을 받아 보아요. 그보다 더 중요한 초록 님의 삶을 더 만족스럽게 살도록 제가 좋은 영향이 되었으면 좋겠습니다.

이번에도 저를 믿어 주신 바른북스 김병호 편집장님과, 함께 이 책을 교정해 주신 한가연 님, 변함없이 아들을 사랑해 주시는 아버지, 어머니, 이모, 고모께 감사드립니다. 우주 어딘가에 계시는 할머니, 사랑합니다.

이 책으로 성장하시는 당신을 응원합니다. 사람이 생각하는 대로 된다면, 강한 생각을 가진 사람이 강한 사람입니다. 삶에는 어둠만큼 빛도 존재합니다. 어둠이 깊은 만큼 빛도 밝음을 기억해요 우리. 이 또한 지나갑니다.

그리고 이 책의 마지막을 당신을 만났던 동틀 녘 달맞이 맥도날드 그 테이블에서 씁니다. 우탁 님, 당신의 영혼이 소멸

하지 않고 다른 육신으로 재탄생하여 영혼의 목적을 위한 새로운 삶을 사시리라 믿습니다. 책을 좋아하는 당신의 선한 영혼으로 세상을 빛으로 밝혀 주세요.